Michael Markaris

Mykonos Love Story 5
Rape
Vergewaltigung

AF186618

Michael Markaris

Der Mykonos-Krimi 9

MYKONOS LOVE STORY 5

Rape

Vergewaltigung

Bisher erschienen (oder in Kürze)
Band 1 „Griechische Brandung"
Band 2 „Jenseits von Mykonos"

Band 5 „Mykonos Love Story 1"
Band 6 "Mykonos Love Story 2 – Das Goldene Ei"
Band 7 "Mykonos Love Story 3 – Morgenröte über Mykonos"
Band 8 "Mykonos Love Story 4 – Mykonos Speed"
Band 9 "Mykonos Love Story 5 – Rape""

Impressum
Titelbild: Markaris/Istockphoto -Karte Wikivoyage
Copyright Michael Markaris 2018
ISBN 9783748181477
Druck books on Demand Gmbh

Jeder Band behandelt einen abgeschlossenen Fall, sodass die Bände nicht in der Reihenfolge gelesen werden müssen.

Lediglich die fünf Bände „Mykonos Love Story - 1,2 und 3 „Morgenröte über Mykonos" sowie 4 „Mykonos Speed" und 5 (Band 5 bis 9) - gehören thematisch zusammen, da in ihnen die Beziehung zwischen Kommissar Pandis und seinem Geliebten (und späteren) Ehemann Angelos das Grundthema darstellen.
Die Bände 3 und 4 können aus juristischen Gründen erst zu einem späteren Zeitpunkt erscheinen.

Am Ende von „Mykonos Love Story" sind Kommissar Pandis und Angelos gestorben. Der fünfte Teil ist das vierte Prequel und behandelt die (glücklichen) Monate vor den tragischen Ereignissen.

Während Band 1 auf wahren Begeben-heiten beruht, sind die Prequels hinsichtlich der Kriminalfälle natürlich Fiktion.
Dort, wo private Momente zwischen Paul Pandis und Angelos geschildert werden, entsprechen die Darstellungen aber ohne Abstriche der Wahrheit.

Paul Pandis (jetzt Markaris), 53, ist Leiter der Polizei Mykonos.

Angelos Markaris, 28, ist Mitarbeiter beim Geheimdienst FYP und – wohl wichtiger – Pandis´ Ehemann

Für Angelos

PROLOG 1

Die Beziehungen zwischen Griechenland und der Türkei sind an einem Tiefpunkt, manche befürchten gar einen militärischen Konflikt. Nun hat die EU das Thema zur Chefsache gemacht. Doch Erdogan hat andere Prioritäten.

Am 12. Februar rammte ein türkisches Patrouillenboot eines der griechischen Küstenwache. Das griechische Schiff lag vor Anker in der Nähe der zwischen Griechen-land und der Türkei umstrittenen Imia-Inseln, nur wenige Kilometer von der türkischen Küste entfernt. Umgehend rief der türkische Ministerpräsident Binali Yildirim seinen griechischen Amtskollegen Alexis Tsipras an: Es habe sich um ein Missgeschick gehandelt, keine Provokation. Rund 2000 Mal verletzten türkische Kriegsschiffe im vergangenen Jahr griechische Territorialgewässer – oder zumin-dest das, was Griechenland für seine Hoheitsgewässer hält, die Türkei aber nicht. Das war viermal mehr als im Jahr davor.

3300 Mal verletzten türkische Kampf-
flugzeuge den griechischen Luftraum –
doppelt so oft wie im Jahr davor. Für das
finanziell marode Griechenland ist das eine
teure Angelegenheit. Wenn ein türkischer
Jet in den griechischen Luftraum eindringt,
steigen griechische Abfangjäger auf. Eine
Flugstunde mit einem F-16-Kampfflugzeug
kostet rund 20.000 Euro.

(Quelle: Die Welt)

PROLOG 2

Ihm graute.

Nicht, dass er an den Ablauf nicht gewohnt wäre.
Manchmal war es erträglich, manchmal hätte er heulen können. Leider hatte er keine Wahl.
Denn es war einträglich wie kein anderes Geschäft. Und er hatte es dringend nötig, denn seine Finanzen waren gelinde gesagt. ruiniert. Und seine Eltern durften davon nichts erfahren. Von seiner Nebentätigkeit erst recht nicht. Sie würden ihn nicht mehr kennen.
Das Leben war nicht fair.
Der andere Mann war wie üblich älter. Klar, ab einem bestimmten Alter war es schwierig, Sexpartner zu finden. Denn der Körper mutiert. Es kommen Kilos hinzu, die Muskeln werden weniger – da kann man sich stundenlang in eine Bar stellen, ohne dass man angesprochen wird.
Der andere Mann war nicht abstoßend. Er roch nicht und hatte eine gepflegte Erscheinung. Immerhin.

Auch bei ihm selber tickte die biologische Uhr schon. Er war 33 und da ist man für dieses Gewerbe fast ein wenig alt. Ja, er hatte auf sich geachtet, besonders seitdem er mitbekommen hatte, dass man seine finanzielle Position dadurch erheblich verbessern kann.

Der andere Mann zog sich aus.

Alles etwas schlaff und der unvermeidliche Bauch. Flusen im Bauchnabel. Igitt. Aber er konnte seinen Kunden ja nicht mit Sagrotan einsprühen. Das würde das Geschäft erschweren.

Auch er zog die Hose aus und sah die gierigen Blicke des Anderen.

„Küssen?"

Ja, wenn Du keinen Mundgeruch hast. Bringt aber mehr Geld.

„Klar".

Beide ließen sich auf dem Bett nieder und dann machte er sich an die Arbeit.

Er.

Das war Christos.

Christos Markaris.

Der Bruder von Angelos.

1

„Ah, Jassas, Herr Pandis!"
Paul verzog das Gesicht.
„Aris, Du weißt genau, dass es ‚Herr Markaris'
heißt. Gewöhne Dich dran!"
„Ob ich das in meinem Alter noch schaffe?
Und nebenbei finde ich es bescheuert!",
sagte Aris, Pauls bester Freund.
„Als Du verheiratet warst, hattet Ihr beide
doch auch den gleichen Namen, oder?"
„Noch ein Grund nicht zu heiraten", knurrte
Aris.
„Ich hatte ja überhaupt nichts gegen die
Heirat und erst recht nichts gegen Angelos,
beileibe nicht. Aber muss man gleich alles
aufgeben aus dem früheren Leben?"
Pandis schüttelte verärgert den Kopf.
„Ehrlich gesagt, kann man mein vorheriges
Leben gerne streichen. Da war nichts. Glück
schon gar nicht. Erst mit Angelos bin ich
glücklich, dann kann ich auch seinen
Namen annehmen. Allerdings hatte ich
keine Ahnung, was man alles ändern muss.
Jedes Online-Konto, alles mit Urkunde, Pass,
Führerschein. Es ist endlos."

„Und die ganze Arbeit machst DU!", meinte Aris.

„Da muss ich Dich enttäuschen. Macht alles Angelos. ‚Wenn Du meinen Namen annimmst, mache ich die ganzen Änderungen. Ist nur recht und billig.' Das waren seine Worte."

Aris knurrte. Das hatte er nicht erwartet. Seine vorbereitete Rede, dass Paul grund-sätzlich alles macht, was Angelos sagt, dass er das Gleiche denkt … - er musste sie verschieben. Vielleicht lag es auch daran, dass er als Pauls bester Freund nun nur noch die zweite Geige spielte … Zuerst kam immer Angelos. Aber es stimmte ja. Paul war glücklich und er konnte sich an keine Situation erinnern, bei der sich Angelos falsch benommen hatte. Im Gegenteil.

„Aris, ich verstehe Dich nicht. Es ist doch nur ein Name. Ich bin doch der Gleiche!"

„Natürlich, Du hast ja recht. Ich bin wahr-scheinlich zu alt für sowas. Männer ändern nicht ihren Namen. Aber das war wohl früher."

Paul verstand die ganze Aufregung nicht. Im Büro hatte er den Eindruck, man wolle ihn vorsätzlich ärgern, weil alle „Pandis" sagten.

Erst als er Giorgos sagte, dass er beim nächsten „Pandis" einen rechten Haken bekäme, schien sich etwas zu ändern.

Es war nun mal Angelos´ Wunsch. Und – was sonst niemand wusste – der Wunsch seiner Eltern. Die hatten ohnehin schon genug damit zu tun, dass ihr Sohn einen Mann geheiratet hatte. Und ganz leicht war es für sie auch zuhause nicht. Auf Rhodos war man zwar nicht ganz aus der Welt, aber es war nun einmal nicht Mykonos. Und dort den Freunden zu erklären, dass … Hinzu kam der Punkt der fehlenden Enkelkinder. Gerade für Merlina, Angelos´ Mutter, ein gewichtiger Punkt.
Doch sie waren Paul gewogen und das war wichtig. Er wusste noch, wie schwer der Streit seinen Partner belastet hatte.
Als Zeichen der Liebe wäre es nicht nötig gewesen. Die konnte von Paul aus nicht größer sein. Und auch bei Angelos hatte er keinerlei Zweifel.

„Weswegen ich eigentlich hier bin: Du bekommst endlich Dein Auto zurück. Trara!"

Vier Wochen hatte er nun schon Aris´ Leihwagen, nachdem Pauls Peugeot quasi versenkt wurde (MLS4), dank manipulierter Bremsen. Seitdem ist der Peugeot ordentlich geparkt auf dem Meeresgrund bei Kalo Livadi.

„Also die Rechnung, bitte!"

„Nun, Herrn Pandis hätte ich nichts berechnet, aber bei Herrn Markaris ... Schau nicht so, Paul. Das war ein Scherz!"

Paul knurrte. Der Scherz kam gar nicht gut an.

„Es ist auch alles soweit in Ordnung. Nicht mal Einschusslöcher!"

„Und was fährst Du dann jetzt?"

„Ihr, Aris, Ihr!"

„Natürlich, entschuldige."

„Keine Ahnung. Kümmert sich Angelos drum. Mir ist das wirklich egal."

Angelos kümmert sich darum.

Natürlich, dachte sich Aris. Wer sonst?

2

Kommissar Paul Markaris kam nach Hause und sah als erstes: Angelos´ Hintern. Der stand in der Küche auf der Leiter und tapezierte. Nackter Oberkörper und Jeans. Paul ging auf ihn zu und küsste ihn auf den Hintern.

Angelos lachte.

„Sag mal, gibt es einen Körperteil von mir, den Du noch nicht geküsst hast?"

„Ich hoffe nicht!", gab Paul zurück.

Gott sei Dank hatte Angelos das Tapezieren übernommen. Nichts hasste Paul so sehr wie Tapezieren. Die Tapeten klebten grundsätzlich überall, nur nicht dort, wo sie sollten. Pauls Gatte hingegen erledigte das Ganze akkurat und mit Seelenruhe.

Und nach den Tapeten kommt dann die neue Küche. Angelos meinte, man verbringe so viel Zeit in der Küche, dass diese auch schön aussehen sollte. Stundenlang saßen sie über Prospekten und hatten sich auf eine moderne Ausstattung geeinigt. Es war keineswegs Angelos allein, der bestimmte, wie Aris vermuten würde.

„Und? Auto zurückgegeben?"

„Jawoll, Chef. Aber Aris nervt ein wenig mit seinem Genörgle über den Namen. Langsam werde ich sauer!", meinte Paul.

„Eifersucht, Paul. Mit wem hättest Du Dich bisher über die Küche unterhalten? Wer hätte Dir beim Tapezieren geholfen? Aris. Seitdem Du mich hast, wird er weniger gebraucht und ist bestimmt einsamer, weil Du weniger Zeit hast. Also sei nachsichtig und schlucke Deinen Ärger hinunter. Mach mir lieber einen Espresso!"

In zwei Sätzen hatte Angelos die ganze Problematik gebündelt und dabei auch noch Aris in Schutz genommen, anstatt die Gelegenheit zu nutzen, um Paul und Aris weiter auseinanderzubringen.

Dafür liebe ich ihn auch, dachte Paul. Präzise Logik ohne jeden bösen Hinter-gedanken.

Und dann dieser Körper. Es war heiß und der Schweiß lief Angelos den Rücken hinunter. Was bei ihm nach altem Schuh duftete, roch bei seinem Gatten einfach nur geil. Wie ein Aphrodisiakum. Paul konnte nicht anders, als Angelos leicht über den Rücken zu lecken.

„Herrje, Paul. Willst Du mich von der Leiter schmeißen? Aber schön, dass Du Deinen Mann noch attraktiv findest!". Er lachte. „Wenn Du glaubst, dass das irgendwann aufhört, irrst Du Dich gewaltig!"

„Na, da stehen mir ja noch anstrengende Jahre bevor."

„Bis zum Tode, vergiss das nicht!"

Es stimmte.

Hätte jemand ihm noch vor einem Jahr erzählt, dass er täglich Sex haben würde, er hätte laut gelacht. Seit seiner Scheidung hatte er überhaupt keinen mehr – bis Angelos kam. Mit wem hätte er auch Sex haben sollen? Ihn interessierte und erregte niemand. Keine Frau und kein Mann. An Mann hatte er sowieso nicht gedacht. Bis zu Angelos Frontalangriff. Danach war die eingestellte Testosteronproduktion wieder angesprungen und das auf höchster Stufe. Es war auch ganz anders als das nervige Geturne mit seiner Frau. Richtig Spaß hatte das jedenfalls nicht gemacht. Paul war dankbar.

Paul machte die Espressi und stellte sie auf den Tisch.

„Was machen wir jetzt in Sachen Auto?",
fragte Paul. „Wir können ja nicht ewig mit
Deinem Geschäfts-SUV herumfahren."

Es war ohnehin schon ein freundliches
Entgegenkommen von Nikos, Angelos´ Chef,
dass er nach dem letzten Einsatz den
Wagen hierließ.

„Nein, da hast Du recht. Aber nicht wegen
Nikos, sondern wegen Deiner Fähigkeit beim
Rückwärtsparken drei Parkplätze zu
blockieren."

Unversch … Nein, er hatte recht. Angelos
hatte die Fähigkeit, Kritik – oder einer
Beleidigung – durch breites Lächeln die
Spitze zu nehmen.

„Was kann ich dafür, dass die Parkplätze so
klein sind? SUVs gehören nicht auf diese
Insel."

Angelos lächelte.

„Also – was kaufen wir dann?"

„Du meinst ‚Du'!", sagte Paul zerknirscht.

„Oh Paul, wie oft müssen wir das noch
diskutieren? Meine Eltern haben Geld
zurückgelegt für einen Hausbau, wenn ich
heirate. Da dies alles etwas anders kam" – er
grinste -, ist das Geld für uns da. Basta!"

Auch Paul hatte zu seiner Hochzeit Geld von den Eltern bekommen. Allerdings hatte seine Frau Eleni schon bei der aberwitzig teuren Hochzeitsfeier den Großteil davon verbrannt. Den Rest brachte sie in den ersten sechs Wochen der Ehe durch. Danach war dann nur noch Pauls Gehalt da. Nicht üppig und nicht genug für die luxuriösen Ambitionen von Eleni.

Mit Angelos hatte Paul tatsächlich reich geheiratet, so blöd dies bei einem Mann auch klingt.

„Wir könnten auch gleich zwei kaufen!", meinte Angelos.

„Das ist nun wirklich Unsinn. Schließlich habe ich noch einen Dienstwagen!", entgegnete Paul.

„Das Ding ist doch nicht fahrtauglich. Mir wäre es lieber, Du würdest das Ding stehen lassen. Sonst werde ich bald Witwer!"

„Als Witwer würden Dir die blöden Schwuchteln auf dieser Insel noch am Tage meiner Beerdigung die Bude einrennen." Angelos lachte lauthals.

„Wie redest Du von Deiner eigenen Klientel?"

„Ist doch wahr. Dieses dauernde Gaffen geht mir auf den Wecker. Ziehen Heteros Frauen auch mit solchen Blicken aus?", raunzte Pand ..., halt, Herr Markaris. Er konnte sich an seine Heterozeit nur noch dunkel erinnern.

„Ah, der Herr ist eifersüchtig. Ich liebe es. Schau mich an. Alles Deins!"
Nein, ich werde jetzt nicht sagen, dass Du der Schönste und Beste bist. Drei Mal am Tag reicht.
„Zurück zum Auto, Angelos!"
„Cabrio."
„Oh nein. Noch mehr Gaffer."
Angelos zog eine Schnute. „Bitte!"
Paul zögerte.
„Wir machen es ganz einfach, Paul. Erst ein wenig Schweiß lecken und dann Duschen und dann reden wir weiter."
Der Kaffee lief Paul aus der Nase vor lauter Lachen.
„Sag mal, bin ich so berechenbar?"
„Oh ja. Du bist nimmersatt. Aber mir gefällt das!"
Und so einigte man sich nach dem Duschen auf ein Cabrio.

Oder besser gesagt: Im Zustand der
Glückseligkeit nickte Paul einfach.

3

„Ich und hörig? Ich bin doch kein
Schoßhund! Ich bin immer noch der gleiche
Pandis wie früher!"
„Ich dachte, Du heißt jetzt Markaris", feixte
Aris.
„Jaja."
„Wessen Idee war denn das Cabrio? Und
sag jetzt nicht ‚unser beider‘!"
Nun, den Ablauf der Schweiß-Duschen-
Entscheidung konnte Paul Aris unmöglich
mitteilen.
„Herrgott, Angelos ist 28. darauf muss ich
schon ein wenig Rücksicht nehmen. Jeder

will in seinem Leben mal ein Cabrio fahren. Und nebenbei ist es sein Geld."

Und Aris bohrte weiter.

„Ich dachte, es sei ‚euer Geld'!"

„Das kann es nicht sein, wie Du sehr wohl weißt. Dafür verdiene ich zu wenig und kann auch keine Steuern hinterziehen wie Du!" Retourkutsche.

„Ich denke, Angelos sollte auch ein wenig Rücksicht auf Dich nehmen. Es macht sich nicht gut, wenn der Polizeichef im großen, teuren Auto durch die Stadt fährt. Da entstehen Gerüchte."

Daran hatte Paul noch gar nicht gedacht.

„Ich kann ja einen Aufkleber ‚gesponsert von Angelos' anbringen!"

Paul wurde zunehmend wütend.

„Also kümmerst Du Dich jetzt um das Auto oder nicht?"

„Natürlich. Welches Modell hat er denn, Verzeihung, Ihr denn ausgesucht?"

„Nur ein kleines 2er-Cabrio."

„Etwas genauer bitte."

Paul wurde leiser. Er musste es ablesen.

„Einen 220 D."

„Ein kleines Cabrio? Das kostet 45.000 Euro!

Also Herr Pandis hätte nicht mal ein Zehntel davon für ein Auto ausgegeben. Früher hieß es: vier Reifen, ein Lenkrad und vielleicht noch Bremsen. Der Witz ist doch: Du verträgst überhaupt keine Hitze!"

„Gut. In Ordnung. Ich bin ihm hörig. Ich bin ein Schoßhund. Ich tue alles, was er will. Und ich habe kein Problem, 365 Tage in einem Cabrio gegrillt zu werden, wenn es Angelos glücklich macht."

Pause.

„Weißt Du, was mich wirklich ärgert? Er spricht nur gut über Dich, macht sich auch Gedanken über Dich und unsere Freundschaft, dass ich weniger Zeit für Dich habe. Über all das denkt er nach und Du hast nichts Besseres zu tun, ihn schlecht zu machen. Das finde ich enttäuschend nach all den Jahren. Anstatt dass Du mir mein Glück gönnst. Nichts habe ich bereut. Nie hat Angelos mein Vertrauen missbraucht. Er ist immer hilfsbereit."

Aris lächelte.

„Vor allem in der Seilbahn!"

„Du Arschloch!"

Und Herr Markaris stürmte aus Aris´ Büro hinaus.

4

Und Paul Markaris, ehemals Paul Pandis, beschloss, einen Test zu machen.

Das nächste Vorhaben auf Angelos´ Liste war das Wohnzimmer.

Es war tatsächlich etwas schäbig geworden, so schäbig wie Pauls Leben vor Angelos.

Die zwei Sofas abgewetzt und durchgesessen, teilweise ist der Bezug eingerissen.

Angelos wollte eine Kissenlandschaft in knallrot. Paul hingegen plädierte für zwei große schwarze Ledersofas.

„Aber rot würde so gut zur Tapete passen und nebenbei zur neuen Küche."

„Das mag schon sein, Angelos. Aber ich möchte auf keinem Knäuel von Kissen liegen, wo ich einen Kran brauche, um herauszukommen."

Angelos lachte.

„Du bist doch sonst nicht so unbeweglich!"

„Aber ich bin nun mal älter als Du. Da brauche ich etwas Festes, auf dem ich sitzen kann."

Falscher Text.

„Du kannst jederzeit fest auf mir sitzen, Paul!"

„Jeden Abend stundenlang?" Jetzt grinste Paul. „Da hätte ich nichts dagegen."

„Aber dann wird mein lädierter Körper angesichts eines sexwütigen Gatten irgendwann kollabieren. So taufrisch bin ich auch nicht mehr!"

„Nicht mehr taufrisch? An Dir ist kein Gramm Fett und keine einzige Falte!", sagte Paul.

„Danke für die Blumen. Also: Du hast meinem Wunsch nach einem Cabrio zugestimmt. Dann bin ich jetzt dran mit Nachgeben. Wir kaufen Deine schwarzen Sofas, aber vielleicht mit roten Lederkissen?" Angelos schaute Paul fragend an.

„Mein Großer, ich weiß nicht, warum wir es nicht schaffen, uns zu streiten. Da bricht in anderen Familien der Krieg aus", meinte Paul.

„Weil wir gleichberechtigt sind und jeder den anderen liebt. So einfach ist das!" Und Angelos küsste Paul.

Ja, so einfach war das!

Und Aris hatte demnach nicht recht.

Angelos war zu Kompromissen fähig und – noch wichtiger: er hatte das übliche Überzeugungsmanöver, das Duschen, nicht ins Spiel gebracht.

Test bestanden.

Und ehrlich gesagt, hätte es dieses Testes nicht bedurft.

Paul wusste, dass Angelos so reagieren würde.

Und ich liebe ihn dafür.

5

Ankara zeitgleich

Mahmut Kemal stand am Fenster und blickte über den regennassen Hof. Das Wetter passte zu seiner Stimmung.
Und die Teilnehmer der Sitzung wussten es. Immer, wenn Kemal stand, wurde es ernst. Damit wollte er seinen höheren Rang dokumentieren. Der Rest saß kleinlaut auf niedrigen Stühlen.
„Der 12. Februar war ein einziges Desaster. Wir hätten diese dämlichen Inseln endlich in die Hand bekommen. Niemand würde einen Krieg vom Zaun brechen, wegen ein paar Felsen. Da hätten die Amerikaner und die NATO Athen schon ausgebremst. Und währenddessen hätten wir es uns dort bequem gemacht. Aber stattdessen kommt, Allah weiß woher, die Unterstützung für deren Küstenwache. Es war eine Demütigung. Für unser Land. Für unseren Dienst! Ich brauche Ihnen nicht sagen, was der Präsident mir gesagt hat. Oder besser: was er ins Telefon gebrüllt hat. Aber eines

kann ich Ihnen versprechen: wenn ich gehen muss, gehen Sie alle mit!"

Mit ausgestrecktem Arm zeigte er auf jeden Einzelnen am Tisch.

„Wie konnten die Griechen so schnell reagieren?"

„Ich sage es ungern. Aber ein Spion in unseren Reihen?", wagte es einer zu fragen.

„Kein Türke mit ein bisschen Ehre im Leib würde für diese Affen spionieren."

Ein Anderer meldete sich zu Wort.

„Sie haben einen militärischen Vorteil. Die Radarstation auf Mykonos deckt den gesamten Bereich bis ins Kleinste ab. Die brauchen die Amerikaner, ihre Satelliten und AWACS gar nicht!"

„Dann müssen wir diese Station im entscheidenden Moment ausschalten können!"

Er machte eine kleine Pause.

„Haben wir jemand auf Mykonos?"

Ein Dritter meldete sich.

„Ja. Zwei. Sind aber nicht die Hellsten!"

„Aha. Und warum haben Sie sie dann eingestellt?" Eigentor.

In diesem Falle: sofort weitermachen!

„Es gibt aber ein anderes Problem: die Polizei und der Geheimdienst auf Mykonos!"

„Der Geheimdienst hat eine Station auf einer Urlaubsinsel?", fragte Kemal ungläubig.

„Nein. Der Polizeichef und der örtliche Geheimdienstmann sind, äh, …"

„Was äh…, raus mit der Sprache."

„Sie sind verheiratet und zusammen ein gutes Team. Sie haben ein paar knifflige Fälle gelöst!"

„Verheiratet? Ok, eine der beiden ist also eine Frau!"

„Nein, Chef, es sind zwei Männer, die verheiratet sind!"

Kemal entgleiste das Gesicht.

Sodomie. Typisch Griechisch. Waren schon immer so. Zu Zeiten der Osmanen hat man so etwas enthauptet.

„Dann müssen wir die beiden ausschalten."

„Das geht nicht ohne Aufsehen. Die zwei sind in ganz Griechenland bekannt für …"

„Ich will es gar nicht wissen", ging Kemal dazwischen.

„Es gäbe einen anderen Weg. Die beiden haben ein sehr inniges Verhältnis!"

„Glaube ich sofort", murmelte Kemal.

„Unsere Leute sagen, dass der Typ von der Polizei eine Trennung nicht überleben würde. Er heißt Pandis oder jetzt Markaris und ist 53."

„Wieso heißt der jetzt Mar …, nein, ich will auch das nicht wissen, weiter!"

„Der andere ist Scharfschütze beim FYP und heißt Angelos Markaris und ist 28."

„53 und 28? Das ist doch irre. Ein Opa und ein Kind!"

Gut, er selbst war gerade 53 geworden und ein ‚Opa' würde er sich verbitten.

„Dem Vernehmen nach sind aber beide furchtbar eifersüchtig! Wir müssen sie auseinanderbringen, dann sind beide erstmal außer Gefecht. Es gab da schon mal eine ähnliche Situation."

Kemal setzte sich. Ein gutes Zeichen.

„Also müssen wir nur jemand auf die beiden ansetzen!"

„Das wird nicht so einfach. Der normale Gigolo hilft da gar nichts. Die schauen beide keinen anderen an."

„Und wie sollen wir sie dann neutralisieren?"

„Durch einen Spaltpilz, Chef!"

Spaltpilz? Was faselt der da?

„Angelos Markaris hat einen Bruder und der ist, äh, …"

„Noch ein ‚äh‘ und ich lasse Sie an die Wand stellen!"

„...ein Stricher. Wir haben ihn in der Hand!"
Der Eine ein Sodomit, der andere ein Stricher, tolle Familie.

„Wir haben alles, Tapes, jedenfalls habe ich folgenden Plan ..."
Zehn Minuten später war Kemal zufrieden. Könnte funktionieren.

6

„Paul, mein Bruder will kommen. Uns besuchen. Mehr schreibt er nicht."
Angelos starrte auf die E-Mail. Viel stand da wirklich nicht.
Christos. Gut, sein letzter Besuch fing unangenehm an, führte aber letztlich dazu, dass sich Angelos mit seinen Eltern versöhnen konnte.
„Also nach der Pöbelei konnte man mit ihm ganz vernünftig reden. Vor allem, nachdem er erzählt hatte, er hätte selbst schon einmal Sex mit einem Mann gehabt."
„Ganz wohl ist mir nicht. Ein Besuch einfach so. Ich meine, er hat ein Geschäft, wo er nicht mal so wegfahren kann. Seltsam.
Aber wie auch immer. Hast Du etwas dagegen, Paul?"
„Es ist unsere gemeinsame Familie. Und wir tragen alle denselben Namen, mittlerweile."
„Danke!", sagte Angelos.
Diese kleine Frage samt kurzer Antwort zeigte Paul wieder einmal, dass Angelos Rücksicht auf ihn nahm. Verfluchter Aris!
„Vielleicht will er Geld?", fragte Angelos.

„Würde er da nicht zuerst Deine Eltern fragen?"

„Nein. Dafür ist er zu stolz. Es ist hypothetisch, aber würden wir ihm Geld geben?"

Paul wurde unwohl. Glatteis.

„Großer, es ist Dei…"

„So, zum wirklich allerletzten Male. Ich wollte den gemeinsamen Namen, damit es eben nicht mehr die Trennung in Markaris und Pandis gibt. Das Konto läuft auf Markaris und das sind wir beide. Punkt. Ende. Also?"

„Falls er Geld will, soll er uns erklären wofür. Vielleicht braucht er einfach mal ´ne Auszeit von Rhodos", meinte Paul.

„Wer´s glaubt", entgegnete Angelos.

Mit dem neuen Wagen fuhr die Familie Pandis zum Flughafen. Angelos strahlte über das ganze Gesicht, als das nagelneue Auto vor ihm stand. War ja klar. Jeder Mann will einmal Cabrio fahren – oder dauernd. Der eine zum Frauen aufreißen, der andere aus purer Freude am Fahren. Seine Begeisterung war ansteckend. Auch wenn die Straßen durch ein neues Auto nicht besser wurden, war es ein anderes Fahren als in seinem Peugcot.

Und als dann Angelos´ Bruder aus dem Flughafen kam, konnte man den Blick sofort deuten.

Es war der pure Neid.

„Ganz netter Wagen, Deiner?"

„Unserer, Christos!"

„Hätte ich nur auch einen Polizeipräsidenten geheiratet!"

Von dem das Geld aber nicht kommen konnte, aber Angelos zeigte ihm seinen „Verkneife-es-Dir"-Blick.

Schade, dass sich Menschen nicht für andere freuen können. Nicht mal für den eigenen Bruder.

Aber die richtigen Abgründe sollten sich am nächsten Tag auftun.

7

„Also Christos, was ist los?"

„Darf ich Dich oder euch nicht besuchen?"
Die Verärgerung war nur gespielt.

„Ich wollte nur mal ein paar Tage raus. Für
einen richtigen Urlaub reicht´s leider nicht!"

„Was für ein Geschäft hast Du denn?",
fragte Paul.

„Ich hatte das erste Internet-Café auf
Rhodos, mit Bar. Es war eine Goldgrube, für
drei/vier Jahre."

Und Paul ergänzte: „Dann hatte jeder
Internet zuhause und die Bar alleine brachte
zu wenig."

„Wirklich dumm gelaufen. War ein
todsicherer Tipp damals. Leider war der
Kredit aber noch nicht abbezahlt, als die
Sache den Bach hinunterging. Jetzt betreibe
ich einen kleinen Souvenirladen. Aber der
liegt in einer Nebenstraße. Und den klassi-
schen Nippes früherer Zeiten will ohnehin
keiner mehr. Es sieht nicht rosig aus."

Zum ersten Mal sagte Angelos etwas:
„Also wieviel brauchst Du?"

„Angelos!", ging Paul dazwischen.

„Du täuscht Dich. Ich bin nicht gekommen, um Dich anzupumpen. Das muss und werde ich alles alleine schaffen. Ich wollte wirklich nur ein paar Tage Tapetenwechsel, Angelos!"

„Dann sei uns willkommen", sagte Paul.

Am nächsten Morgen sollte er diesen Spruch noch bereuen.

8

Am nächsten Morgen machte sich Paul auf den Weg ins Bad. Duschen – ohne Angelos – und dann ins Büro. Zu tun gab es zwar nicht viel, aber ab und zu sollte man sich auf seiner Arbeitsstelle sehen lassen.

Angelos war auf seiner Joggingrunde. Als Paul sich dem Bad näherte, hörte er das Rauschen des Wassers. Erst dann begriff er, dass es wohl Christos sein musste. Sie hatten ja Besuch.

Er ging ins Bad.

„Christos, wie lange brauchst Du noch?"

„5 Minuten."

„Mach schneller, ich muss ins Büro."

Paul zog sich die Shorts aus und wartete. Unten klapperte die Türe.

Angelos kam zurück. Auch er würde duschen wollen.

„Christos, mach schon!"

„Bin fertig."

Dann kam Christos aus der Dusche und – hatte eine Erektion.

Paul stand da wie gelähmt.

Und just in diesem Moment kam Angelos zur Türe herein. Er sah zu Paul, zu Christos – und knallte die Türe wieder zu.

Paul war noch immer benommen und unfähig, zu reagieren.

Man hörte das Zuschlagen der Türe, anschließend fuhr ein Auto mit quietschenden Reifen los.

„Was soll das, Christos?"

„Nichts. Ich habe beim Duschen an meine Freundin gedacht, sonst nichts!"

„Sonst nichts? Und warum ist Angelos dann verschwunden?"

„Das weiß ich doch nicht!"

„Ich schwöre Dir: wenn er nicht wiederkommt, bringe ich Dich um!"

Und Paul war es todernst.

„Du nimmst jetzt dieses Taxi und fährst dann
zu Aris, dann zum Flughafen, zum Hafen,
dann in die Stadt, ins Da Vinci. Es ist mir egal,
wo Du ihn auftreibst. Du schaffst ihn hierher
und erklärst ihm alles. Und jetzt raus hier!"

Als Paul Christos endlich aus dem Haus
geschafft hatte, tat sich das große Loch auf.
Was, wenn Angelos nicht zurückkam?
Dann würde nach nur 4 Monaten aus Herrn
Markaris wieder Herr Pandis werden. Das
Gerede und Gelächter würde ihn kaltlassen.
Nicht jedoch die Tatsache, dass ER nicht
mehr da war. Paul war abhängig – aber so,
wie man es eben von einem Menschen ist,
den man mit Haut und Haaren liebt.
Glaubte Angelos wirklich, er würde seinen
Bruder anbaggern, geschweige denn Sex
mit ihm haben?
Die Szenerie war allerdings wirklich grotesk
und ja, man konnte es so sehen. Zwei
nackte Männer, einer mit Erektion.
Seine Wut auf Christos stieg ins Unermess-
liche.

Er wartete vergeblich.

Weder Angelos noch Christos kamen zurück.

Und Paul saß nur da. Vollkommene Leere.

Ein Leben ohne ihn?

Nein, das wollte er nicht und nein, er wollte
es auch nicht lernen.

Um 22.00 Uhr griff er – noch immer im
Schockzustand – nach dem Telefonhörer
und wählte eine Telefonnummer auf
Rhodos.

„Hallo Merlina, hier ist Paul!"

„Oha. Es ist was passiert. Was ist los, Paul?"

„Er ist weg und ich weiß nicht …"

„Bei uns ist er nicht und er hat auch nicht
angerufen! Was ist denn nun passiert?"

„Merlina, das kann ich Dir nicht am Telefon
erzählen! Darf ich kommen?"

„Aber natürlich. Ich hole Dich vom
Flughafen ab!"

10

18 Tage VORHER

Christos Markaris hatte es hinter sich gebracht und war froh. Fünf Minuten Smalltalk, dann Abkassieren und dann sofort Duschen. Den Schweiß dieses fetten Schweins loswerden. Aus dessen Poren kam ein widerlicher Gestank, eine Mischung aus Moschus und Knoblauch.

„Sie haben Talent, Herr Markaris."

Christos erstarrte. Woher kannte er seinen Namen? Alles lief über eine Agentur und er hieß Chris.

„Woher …"

„Spielt keine Rolle. Schauen Sie mal über die Gardinenstange!"

Eine Mini-Kamera.

„Und das ist nicht die einzige!"

„Wollen Sie mich erpressen? Bei mir ist nichts zu holen. Ich bin pleite!"

„Sie glauben, das wüssten wir nicht? Es geht nicht um Geld!"

Will er mich als dauernden Sex-Sklaven? Eine ekelhafte Aussicht.

„Es geht uns um etwas ganz anderes. Sie haben einen Bruder namens Angelos, oder?"

„Ja. Warum?"

„Und der lebt auf Mykonos zusammen mit einem anderen Mann, oder?"

„Gefällt Ihnen das? Der Bruder einer Schwuchtel zu sein?"

„Das geht mich nichts an. Die beiden sind glücklich miteinander."

Da grinste das fette Schwein.

„Und genau das sollen Sie ändern!"

11

Paul und Merlina saßen auf der Terrasse des Hotels Angleterre. Wie Paul überhaupt dorthin gekommen war, daran erinnerte er sich nicht mehr. Er war in Trance, unter Schock und zu nichts fähig.
Und Merlina glaubte nicht richtig zu hören.
„An sich müsste Angelos wissen, dass Du niemals … und schon gar nicht mit seinem eigenen Bruder. Andererseits war es schon ein grotesker Zufall, dass …"
„… Christos just in dieser Sekunde mit einer Erektion aus der Dusche kam", ergänzte Paul.
„Ich kann aber keinen fragen, da beide nicht hier sind. Weder gehen die beiden ans Telefon, noch haben sie angerufen."

„Ich weiß nicht, was ich tun soll, Merlina. Ich kann nicht ohne Deinen Sohn. Klingt kitschig und übertrieben, aber es ist die Wahrheit. Du kennst mein Leben vorher nicht. Diese tödliche Langweile, diese vernichtende Einsamkeit, alles das hat Angelos wegge-wischt. Und nun bekomme ich all dies zurück, obwohl ich nichts falsch gemacht habe, glaube mir!"

Er weinte. Mitten auf der Terrasse. Es war ihm egal.

Als Merlina näher rückte und den Arm um ihn legte, wurde es noch schlimmer.

Langsam erfasste er die ganze Tragweite. Er hatte immer geglaubt, er würde Angelos durch dessen Beruf verlieren. Nie hätte er gedacht, dass es so passieren würde.

„Paul, er wird zur Vernunft kommen und wieder zu Dir zurückkehren. Oder er wird sich bei mir melden und ich werde ihm den Kopf geraderücken. Versprochen. Ich möchte doch meinen Schwiegersohn nicht verlieren!"

Da war es mit Pauls Beherrschung wieder vorbei.

„Ich danke Dir, Merlina. Ich bin so durcheinander, dass ich nicht mehr weiß, was ich tun und denken soll. Am besten lege ich mich ins Bett. Obwohl ich ohnehin nicht schlafen kann."

Merlina schaute ihn mitleidig an.

„Oh Paul, gib nicht gleich auf. So etwas passiert in einer Ehe immer wieder. Auf und Ab. Glücklich und unglücklich. Zerstritten oder versöhnt. Es ist nicht das Ende der Welt!"

Doch für Paul war es das.

Und Merlina wusste es.

Das sollte Pauls Leben retten.

12

Paul saß in seinem Zimmer und schaute aufs
Meer. Etwas, was man nicht tun sollte in
existentiellen Augenblicken. Die Unendlich-
keit des Meeres, dessen Tiefe, alles
Assoziationen mit: dem Tod.
Er konnte nicht ohne Angelos leben. Und es
hatte nichts mit Hörigkeit zu tun. Er WOLLTE
auch nicht ohne ihn leben.
Warum hatte Angelos nicht das Vertrauen in
ihn? Wie konnte er nur glauben, dass …
Andererseits war die Szene so verrückt, dass
wohl die meisten so gedacht hätten wie er.

Er kaufte sich unten an der Rezeption zum
ersten Mal nach 5 Jahren eine Packung
Zigaretten. Zurück im Zimmer, zündete er sich
eine an und blickte erneut hinaus aufs Meer.

Was waren das für glückliche Zeiten. Der
erste überraschende Kuss. Die erste Nacht.
Mehr noch diese Harmonie, das blinde
Verständnis, ja selbst der gleiche Humor.
Er musste an die Seilbahn denken und
lachte.

Doch im selben Moment brach das Konstrukt zusammen. Der Gedanke an die Seilbahn bedeutete: kein Sex mehr mit Angelos. Nicht mehr seinen Körper spüren und riechen.

Er hatte sich entschieden.
Er ging ins Badezimmer, entkleidete sich und dann legte er sich in die Wanne.
Es war kalt und er zitterte.
Dann schnitt er sich die Pulsadern der Länge nach auf.
Play me like a violin.
Nun würden die Saiten reißen.

Zwei Kilometer entfernt saß Merlina im Wohnzimmer, als sie plötzlich ein flaues Gefühl im Bauch bekam. Was war das?
Dann begriff sie.
„Hotel Angleterre!"
„Zimmer 412 bitte"
„Tut mir leid, Da meldet si…"
Merlina hatte schon aufgelegt.
„Polizei Rhodos."
„Hallo Stefanos, hier Merlina. Hör mir genau zu. Schicke sofort einen Arzt ins Angleterre, Zimmer 412. Ich glaube, mein Schwieger-

sohn hat sich etwas angetan. Wenn nicht, zahle ich die Rechnung!"

„Schwiegersohn? Du hast doch gar keine Tochter?"

„Können wir das später diskutieren? Bitte mach schnell. Es ist nur ein Gefühl, aber …"

Die weibliche Intuition sollte Paul retten. Aber retten wofür?"

13

„Markaris."

„Angelos? Hier Nikos. Ich brauche Dich für einen Einsatz. In zwei Stunden am Heliport!" Ende.

Angelos saß auf seinem Bett in einem kleinen Hotel in Athen und dachte über die Trümmer seines Lebens nach.

Er bekam die Szene einfach nicht aus seinem Kopf. SEIN Paul und sein Bruder. Und dessen Erektion. Was war passiert? Es war eindeutig. Oder etwa nicht? Er begriff es nicht. Der Sex mit ihm hat Paul viel bedeutet, das spürte man jede Minute. Warum sollte er …? Aber die Erektion Christos´ zerstörte jedes Schönreden.

Das Handy hatte er seitdem ausgeschaltet. Nur Nikos wusste, wo er ist!

„Vielleicht ist ein Auftrag genau das Richtige für mich in dieser Situation."

Obwohl er wusste, dass es gefährlich war, wenn er mit seinen Gedanken woanders war.

Er stieg in den Helikopter und warf seine Tasche nach hinten.

Er sagte „Hallo, Nikos!", und bemerkte erst dann, dass dieser knallrot im Gesicht war, vor lauter Zorn!

„Was ist?", fragte Angelos.

„Das wirst Du schon noch sehen!"

„Und wohin geht es?"

„Auch das wirst Du schon noch sehen!"

Den Rest des Fluges herrschte Totenstille.

Als sie auf Rhodos landeten, wurde Angelos zunehmend unwohl. Ein SUV holte ihn und Nikos ab. Als sie in die Notfallzufahrt des Krankenhauses einbogen, hielt Angelos es nicht mehr aus.

„Es ist meine Mutter, Nikos, oder?"

Nikos sagte nichts und bedeutete ihm, hinterherzugehen.

Sie erreichten die Intensivstation.

„Sie dürfen hier nicht ...", setzte die Schwester an.

„Wir dürfen. EYP. Fragen Sie Ihren Chefarzt!"

Noch immer war Nikos auf 200.

Sie betraten ein Zimmer.

Es war das Zimmer von Paul Markaris (oder Pandis), der an zahllosen Schläuchen hing und schlief. Oder im Koma lag.

Angelos verstand gar nichts.

Paul hier? Auf Rhodos?

„Und wir beide unterhalten uns jetzt nebenan. Mit Deiner Dummheit hast Du fast einen Menschen umgebracht!"

„IIICH?"

„Ja, Dein Mann hat sich die Pulsadern aufgeschnitten. Und zwar längs, also keine Show. Nur ein Geistesblitz Deiner Mutter hat ihn gerettet!"

Mutter? Jetzt verstand Angelos gar nichts mehr.

„Und Deinen Bruder bringe ich eigenhändig um, das schwöre ich Dir?"

Endlich hatte Angelos seine Sinne wieder beisammen.

„Mein Mann hat mich mit meinem eigenen Bruder betrogen. Dass Paul sich umbringen würde ..."

„... wusstest Du ganz genau. Lüge mich jetzt nicht an. Paul ist auch mein Freund. Ich weiß, dass er nur durch Dich lebt! Dabei ist alles ganz anders, als jeder meint. *Du* bist derjenige, der mehr liebt, nicht Paul. Du bist eifersüchtiger als Paul. Es ist doch ein Witz: der arme Kerl hat die ganze Zeit, Angst, Dich zu verlieren. Ohne zu wissen, dass es für Dich viel schlimmer wäre. Aber das kann der stolze Herr Angelos ihm ja nicht sagen."

„Ja. Du hast recht. Aber was spielt das jetzt noch für eine Rolle?"

„Was das noch für eine Rolle spielt? Die größtmögliche. Du kannst sein Leben retten – und nebenbei Deines!"

„Nikos, was ich gesehen habe, war eindeutig.

„Es war eine Falle, Angelos, eine Falle. Und Du bist blind vor Eifersucht hineingetappt. Wie ein blutiger Anfänger und nicht wie ein ausgebildeter Agent."

Eine Falle?

14

„Dein Bruder ist nicht der, der er scheint. Setz
Dich. Jetzt wird es unappetitlich!"
Sichtlich verunsichert setzte sich Angelos auf
einen Stuhl. Nie – noch nie – hatte er Nikos so
erlebt. Und dass er seine Zeit und seinen Heli
für etwas einsetzte, was eindeutig Angelos´
Privatangelegenheit war, imponierte ihm,
bei aller Verwirrung.

„Dein Bruder betreibt ein Souvenirgeschäft
hier auf Rhodos."
„Weiß ich doch."
„Unterbrich mich noch einmal und ich
schicke Dich nach Gaza!"
„Dein Bruder ist KEIN Souvenirhändler,
sondern zuerst ein – Verzeihung – Stricher.
Um sich über Wasser zu halten, macht er
einen auf ‚Escort' und begleitet männliche
Touristen auf ihre Zimmer."
Angelos fiel die Kinnlade herunter.
„Klappe, Angelos, es geht noch weiter!"
„Das ging solange gut, bis er einen türki-
schen Kunden hatte, der ihn erpresste.
Escort auf Mykonos? Kein Problem. Auf
Rhodos? Der soziale Tod. Und dann noch

Deine Familie. Tja, und dieser türkische Herr hat wohl mit den Kollegen aus Ankara zu tun. Er bekam den Auftrag, zu euch zu fahren, und euch auseinanderzubringen. Was ihm auch gelang, Du VOLLIDIOT!"

In Angelos´ Kopf drehten sich mehrere Karusselle. Wie? Was?

„Aber was hat der türkische Geheimdienst mit Paul und mir zu tun?"

Aber er gab die Antwort selber.

„Weil Paul die örtliche Polizei ist und ich der örtliche Geheimdienst. Bringt man uns auseinander, legt man beides lahm."

„Doch ein kluges Kerlchen!"

„Aber wie hat er das mit der punktgenauen Erektion hinbekommen?"

„Doch kein kluges Kerlchen. Schon mal was von Viagra gehört? Da siehst Du, wie das alles geplant wurde. Der arme Paul dürfte bis zu seinem Selbstmordversuch nicht ansatzweise verstanden haben, was überhaupt passiert ist!"

Angelos ließ die Arme hängen. „Oh, mein Gott. Und was wollen die auf Mykonos?"

„Das wissen wir noch nicht", antwortete Nikos.

„Aber das ist jetzt nicht wichtig, ER ist wichtig. Ich weiß nicht, ob er Dir verzeihen kann. Aber versuche es. Ich lasse ein zweites Bett reinstellen und Du weichst nicht von seiner Seite!

Er ist auch mein Freund – und abgesehen davon brauche ich euch, um diesen Fall zu klären."

„Und wenn das geklärt ist, mache ich Jagd auf Deinen Bruder. Da musst Du Dir im Klaren darüber sein. Das Mindeste ist zehn Jahre tiefster Kerker."

„Keine Sorge. Ich sperre ab. Wenn ich ihn nicht vorher erschlage."

15

„Und noch Eines: Paul hat einen Abschiedsbrief für Dich hinterlassen."
„Oh Gott. Den kann ich nicht lesen. Bitte
zwing mich nicht dazu!"
„DU WIRST IHN LESEN – und zwar jetzt! Setzen!
Was glaubst Du, was der arme Kerl mitge-
macht hat? Das alles hätte ja nicht funktioniert, wenn Du nicht so leichtgläubig – weil
eifersüchtig – darauf reingefallen wärst! Das
Schlimme ist, dass er sich bei DIR entschul-
digt!"

Lieber Angelos,

es tut mir leid, dass das Ganze nun hier auf
Rhodos passiert ist. Es ist keine Inszenierung,
um Dir oder Deiner (früher auch meiner)
Familie zu schaden.
Ich kann nur nicht nach Mykonos zurück, an
den Ort, an dem wir so glücklich waren.
Das Gerede der Leute („Er wird Dich früher
oder später verlassen") hat für mich keine
Bedeutung. Ich weiß, dass es nicht so war.
Du hast Helligkeit in mein Leben gebracht.

Und was für eine Freude.
Ich werde Dir ewig dafür dankbar sein, auch
wenn ich mir gewünscht hätte, Du hättest
mich angehört, bevor Du gehst.
Aber vielleicht liegt es daran, dass Du mich
doch mehr liebst, als ich dachte und
deswegen so enttäuscht warst.

Dann aber habe ich alles falsch gemacht!
Verzeih´
In Liebe
Dein Paul.

Angelos liefen die Tränen in Strömen
herunter.
„Ich gottverdammter Idiot!"

„ER bittet Dich um Verzeihung. Das ist kaum
zu fassen. Du weißt gar nicht, was Du da
hattest. Wenn Du Glück hast, verzeiht er Dir,
aber ich würde es nicht. Da bin ich ganz
ehrlich."
„Wenn nicht, weiß ich auch nicht weiter.
Was glaubst Du, wie es mir ging?", gab
Angelos zurück.

„Aber Du warst schuld, er nicht. Und unterstehe Dich, an etwas Ähnliches zu denken. Zwei Halbleichen kann ich mir nicht leisten. Ich habe schon genug damit zu tun, diesen Privatflug irgendwie unterzubringen. Ich kann ja nicht ‚dringender Liebeseinsatz‘ in meine Anforderung schreiben."

Nikos machte eine kurze Pause.

„Du bleibst hier und kümmerst Dich um ihn. Das bist Du ihm schuldig. Was Ihr dann weiter macht, ist eure Sache."

„Nikos?"

„Bitte entschuldige. Und danke! Ich war ein Idiot!"

„Das kannst Du laut sagen! Du hast vier Wochen frei. Danach möchte ich euch wieder händchenhaltend sehen!"

16

„Er liegt seit vier Tagen in dem Bett daneben, ohne es zu verlassen. Er war vielleicht zwei Mal auf der Toilette. Er will nichts essen. Ich habe so etwas noch nie erlebt. Er redet mit ihm, streichelt ihn. Das ist …"

„…verrückt? Nein, das ist Liebe", sagte Merlina Markaris.

„Liebe? Sie meinen …"

„Ja, in dem einen Bett liegt mein Sohn Angelos, im anderen sein Ehegatte Paul."

„Sie kommen aus Mykonos, nicht wahr?"

„Ja, so irgendwie!"

Nähere Erklärungen wollte sie nicht geben. Sie betete – und sie war sehr gläubig -, dass Paul Angelos verzeihen möge.

Angelos hatte ihr unter Tränen die ganze Geschichte erzählt. Und sie hatte geschworen, es Christos, ihrem anderen Sohn, heimzuzahlen. Er hätte beinahe das Leben zweier Menschen zerstört.

Und damit war die Mutterliebe erloschen.

Gott gebe, dass Paul Angelos zurücknimmt. Und Angelos Paul die Wahrheit sagt.

17

Nach sechs Tagen erwachte Paul.
Das Erste, was er sah, war Merlina.
Er war noch sehr schwach. Der Blutverlust
war zwar ausgeglichen, aber der Körper
noch immer schwer mitgenommen.
Er brachte seine Worte nur mühsam hervor:
„Hast Du etwas von Angelos gehört?"
„Er sitzt neben Dir, Paul!"
Da drehte Paul den Kopf und sah Angelos.
Tränenüberströmt.
„Verzeihst Du mir?", fragte Paul.
Merlina schüttelte nur den Kopf.
„Ich muss *Dich* um Verzeihung bitten, Paul.
Ich kann nur hoffen, dass Du es tust!"
„Du bleibst bei mir?", fragte Paul mit
schwacher Stimme.
„Für immer und ewig."
„Mehr muss ich nicht wissen. Gütiger Gott,
ich danke Dir."
„Ich dachte, Du glaubst nicht an Gott?"
„Seit heute schon …"
Und schon war er wieder eingeschlafen.

Merlina ging zu Angelos und sagte: „Er bittet
Dich um Verzeihung! Das gibt´s doch nicht.

Du hast keine Ahnung, was für ein Glückspilz Du bist und hoffentlich begreifst Du es endlich. Du musst es ihm mehr zeigen. Und Grund für Eifersucht gibt es keine. Paul kennt nur Dich und sonst niemand. Nebenbei bekommst Du es mit mir zu tun, wenn Du meinen Schwiegersohn schlecht behandelst. Und für eine Ohrfeige ist man nie zu alt!

18

Eine Woche später konnte Paul nach Hause. Merlina hatte sich angeboten, nach Mykonos zu fliegen, um die Wohnung herzurichten, die Paul fluchtartig verlassen hatte. Außerdem kochte sie vor. Die „Buben", wie sie sagte, sollten gefälligst reden und nicht kochen. An dem Tag war auch ein älterer Mann namens Aris da, dem sie aber sagte, Paul sei auf Verwandtenbesuch auf Rhodos. Gemeinsame Anweisung von Paul und Angelos. Obwohl Paul nicht wusste, wie er die Narben erklären sollte. Langärmlig ging auf Mykonos nicht. Egal. Hauptsache, Angelos war wieder da.

Und Angelos wich nicht von seiner Seite. Im Krankenhaus, im Flughafen, im Flugzeug – überall kümmerte er sich um Paul. Nun mussten sie nur noch das kurze Stück bis nach Hause schaffen, ohne Bekannte zu treffen, denn die Verbände sprachen Bände.
Es war ein komisches Gefühl, diesen Ort zu betreten, der kurz zuvor noch der Ort der

größten, vorstellbaren Katastrophe gewesen war.

Die ganzen Sachen von Christos hatte Merlina in die Mülltonne gekippt. So, als wolle sie ihn auslöschen.

Und noch nie war die Wohnung von Herrn Pandis, jetzt wieder Markaris, so sauber.

Manchmal ist eine Schwiegermutter ein Segen.

Und die schwarzen Sofas waren zwischenzeitlich auch schon da.

„Paul, ich muss Dir noch einiges erklären!"

„Nein, Angelos. ‚Müssen' musst Du nicht. Du bist wieder da. Nur das zählt für mich."

„Oh nein, so einfach darfst Du es mir nicht machen. Man hat uns zwar eine Falle gestellt, aber ich bin reingetappt, obwohl ich es hätte wissen müssen. Ich hoffe, Du verzeihst mir das irgendwann.

Entscheidend ist aber der Grund, warum die Inszenierung geklappt hat."

Angelos holte tief Luft.

„Ich bin nicht der Schönste und der Beste. Ja, ich höre es gerne, weil ich mich in Wirklichkeit nicht so fühle. Ich bin unsicher. Ich habe vom ersten Tag an Angst gehabt, Dich zu verlieren. Und nicht verstanden, was Du in mir siehst. Du bist so viel mehr als ich. Ich bin nur ein kleiner Junge, der Schießen kann, mehr nicht. Ich wollte Dir zuerst auch einen Brief schreiben, aber selbst das würde ich nicht so hinbekommen wie Du. Ich saß eine Stunde da und bekam nur ein ‚Verzeih´ mir‘ und ein ‚Ich liebe Dich!‘" zu Papier. Wie ein Sechstklässler."

Paul konnte nicht glauben, was er da hörte.

„Ich finde ‚Verzeih´ mir‘ und ‚Ich liebe Dich‘" sind das Wesentliche. Alles andere …"

„Bitte, ich bin noch nicht fertig. Ich wollte Dich unbedingt heiraten, nicht um DIR Sicherheit zu geben, sondern MIR. Das habe ich mittlerweile begriffen."

Jetzt kam offensichtlich der schwierigste Punkt.

„Am meisten getroffen hat mich die Badszene, weil ich dachte, der Sex mit mir macht Dir so wenig Spaß, dass Du Dir einen anderen suchen musstest, und zwar den Erstbesten, ausgerechnet meinen Bruder."

Und Angelos brach in Tränen aus.

Paul nahm ihn in den Arm und drückte den Körper, von dem eine Anspannung abfiel, wie er sie noch nie bei einem Menschen erlebt hatte. Der Körper Angelos´ war noch eine Minute vorher starr wie ein Betonblock.

„Abgesehen davon, dass das nicht das Wichtigste ist: mir hat Sex noch NIE so viel Spaß gemacht wie mit Dir. Und das musst Du auch gemerkt haben. Der Spruch vom ‚Sexmonster' stammt doch von Dir. Und über die Seilbahn lache ich mich heute noch kaputt! Herrgott, wenn man jemandem mit größten Vergnügen den Schweiß ableckt, dann muss man denjenigen aber schon sehr begehren." ‚Geil' wollte er nicht sagen.
„Vor Dir wusste ich überhaupt nicht, dass Sex Spaß machen kann."
„Meinst Du das auch wirklich ernst?"
„Ja. Ohne Abstriche. Ich hatte eher immer die Sorge, Dir würde es mal keinen Spaß mehr machen, mit so einem alten Dackel wie mir!"
„Wäre es so, würde ich Dich nicht so oft in die Dusche ziehen", sagte Angelos halb lächelnd, halb weinend.
„Und Gott sei Dank tust Du das auch. Wehe, das wird weniger!", sagte Paul.

„Aber heute bekomme ich das leider nicht mehr hin", meinte Angelos kleinlaut.

„Es ist auch nicht das Wichtigste. Du sollst auch nur, wenn Du Lust hast. Ansonsten reicht ein einfaches ‚heute nicht'. Abgemacht?"

„Das wird aber nicht oft vorkommen!"

„Umso besser", meinte Paul lachend.

„Als ich aufgewacht bin, hat mich nur eines interessiert: ob Du zurückkommst – und zwar freiwillig und nicht wegen irgendwelcher Schuldgefühle. Dass es noch auf Rhodos passiert ist, kann ich nicht mehr ändern. Ich hatte nur nicht mehr die Kraft, nach Mykonos zu fahren, um mir dort die Puls … Du weißt schon …"

„Jemand schneidet sich die Pulsadern auf wegen mir? Ich kann es immer noch nicht fassen. Ich bin doch nichts."

„Und wenn es kitschig klingt: Du bist für mich alles. Sonst wäre ich nicht so verzweifelt bei dem Gedanken, hier ohne Dich leben zu müssen. Aber wir müssen so etwas in Zukunft unbedingt vermeiden. Wir selber haben nie Streit. Aber von außen wird man es immer wieder versuchen. Enttäuschte Freunde. Neider. Männer, die Dich haben wollen.

Und davon gibt es nicht wenige, wie Du sehr wohl weißt!

„Aber die interessieren mich nicht. Haben sie nie. Sag mir, wann!", sagte Angelos leise.

„Ich kann Dir nicht einen Vorfall nennen. Es gab keinen. So sehr mich das auch wundert."

„Ich mache es nicht - aus Angst, Dich zu verlieren. Und ich verspüre auch keinen Drang, verstehst Du?"

„Das verstehe ich am besten. Mich irritiert es, dass ich auf niemanden reagiere, außer auf Dich. Also musst Du wertvoll sein. Du bist kein nichts. Wie gesagt: Du bist alles! Bist Du weg, ist da nichts. Und ich sage es jetzt mit voller Absicht: Du bist mein Bester und mein Schönster."

Angelos lächelte.

„Das hat mir die letzten Wochen gefehlt."

„Meine grenzenlose Bewunderung für Dich?"

„Es tut mir gut. Ich bin nicht so selbstsicher, wie Du glaubst."

„Dann sag ich es ab jetzt fünf Mal am Tag", Paul lachte.

Angelos schaute ihn nachdenklich an und lächelte dann plötzlich.

„Ich glaube, wir sollten doch noch Duschen??"

19

„Und es war die richtige Entscheidung. Schon beim Entkleiden merkte Paul, wie sehr er Angelos´ Körper vermisst hatte. Warum Angelos Selbstzweifel hatte, war ihm absolut schleierhaft. Da war kein Gramm Fett, Muskeln in den richtigen Proportionen und: er roch einfach gut. Also ohne Parfum. Es war die pure Männlichkeit.
Paul hätte es genügt, wenn sie nur im Bett gekuschelt hätten. Aber nach wenigen Minuten merkte er, dass dies noch besser war.
Er ... er gab einfach alles. Zärtlich, wo er es sein wollte. Zupackend, wo er es sein musste. Paul hatte Schwierigkeiten mitzuhalten.

Hier tut jemand alles, um etwas gutzu-
machen.

„Angelos, langsam!", flüsterte Paul ihm ins
Ohr.

„Entschuldige, ich will nur alles richtig
machen."

„Halt mich doch einfach mal für ein paar
Minuten."

Trotz des Wassers konnte Paul Angelos´
Körpergeruch wahrnehmen. Danach konnte
man wirklich süchtig werden. Und seinen
Körper zu spüren. Paul liefen die Tränen
hinunter. Mein Gott, beinahe hätte er all dies
nie mehr erleben dürfen. Wenn er endgültig
gegangen wäre. Oder wenn mein Selbstmordversuch gelungen wäre.

„Ich hoffe, es sind Glückstränen", fragte
Angelos mit unsicherem Blick.

„Was sollen es denn sonst für Tränen sein,
mein Schöner?"

„Bist Du jetzt wieder glücklich?"

„Mehr als je zuvor. Ich liebe Dich!"

Und der Zauberkünstler bot das volle
Programm.

20

„Ich muss zu Aris", sagte Paul mit genervter Stimme. „Ich muss den blöden Versiche-rungsschein unterschreiben."

„Oh nein. Wenn er die Verbände sieht, weiß er Bescheid. Und dann gibt er mir die Schuld!", meinte Angelos.

„Ich weiß. Ich habe mir schon überlegt, ob ich mir die Arme eingipsen lassen soll. Aber dann wäre ich hilflos wie ein Kind. Mir fällt nichts Vernünftiges ein."

„Und wenn Du ihm die Wahrheit sagst?"

„Das kann ich nicht, weil Nikos es verboten hat."

„Stimmt. Also bin wieder ich der Depp. Der ich ja auch war."

„Nein. Die Episode bleibt unser Geheimnis, das nur noch Deine Mutter und Nikos kennen. Mir fällt schon irgendetwas ein. Schließlich bin ich doch Kommissar, oder?"

Sprach's, küsste Angelos und ging hinaus.

„Ah. Herr Markaris, Long time no see." Der Sarkasmus triefte schon.

„Weißt Du, Aris? Ich glaube, Du bist ein wenig eifersüchtig. Ich weiß, dass ich weniger Zeit mit Dir verbringe, aber das ist doch logisch, wenn einer heiratet. Also mach mir bitte kein schlechtes Gewissen und noch wichtiger: Lass das Sticheln gegen Angelos!"

„Komm rein!", war seine einzige Antwort.

Aris sah auf die Meldepapiere und den Versicherungsschein.

„Er lässt alles auf Dich laufen?", fragte Aris.

„Ja, auf dem Papier gehört das Auto mir. Aber das spielt ja keine Rolle."

„Doch, das tut es. Damit gehört das 40.000 Euro-Auto formal nämlich Dir!"

Daran hatte Paul nun wirklich nicht gedacht. Aris seufzte.

„Das tut man nur, wenn man jemanden liebt – oder ein Riesenvolltrottel ist. Manchmal kommt beides ja zusammen. Aber Angelos ist alles andere als blöd. Das macht er mit Absicht. Und zwar guter."

Das war für Aris das höchstmögliche Entgegenkommen.

Und Paul würde es ihm hoch anrechnen.

„Danke, mein Freund!"

„Ach. Was hast Du da für Verbände?"

„Beim Kochen mit der Schwiegermutter hab´
ich den Wasserkessel fallen lassen. Ist aber
halb so schlimm!"

21

Paul war irritiert. Er sah sich im Auto die
Fahrzeugpapiere an. Überall stand „Paul
Markaris". Eine Entschuldigungsgeste konnte
es nicht sein. Das Auto wurde vor der
Katastrophe gekauft und angemeldet.
Er erinnerte sich, dass ihm Angelos Papiere
zum Unterschreiben hingelegt hat. Aber wie
immer hatte Paul sie nicht gelesen.

„Sag mal, Angelos, Du lässt das Auto auf
mich laufen?"
Angelos lächelte vollkommen unge-
zwungen.
„Natürlich. Wenn mir etwas passiert, sollst Du
ja nicht ohne Auto dastehen. Du bist zwar
ohnehin Alleinerbe, aber" – und er lachte

laut – „nach Hochzeit, Flitterwochen und jetzt Auto wirst Du wohl kein Millionär!"

Paul bekam ein schlechtes Gewissen. Er hatte überhaupt kein Testament, denn er besaß ja auch nichts – außer jetzt einem Auto.

„Wenn Dir etwas passiert, brauche ich weder Geld noch Auto."

„Bitte Paul, es ist doch nur eine Vorsichtsmaßnahme." Angelos nahm Paul in den Arm.

„Nicht immer an das Schlimmste denken!"

„Wenn wir Deinen Geruch in Dosen abfüllen könnten, würden wir in kürzester Zeit Millionär. Wie machst Du das?"

„Ich? Ich mache gar nichts. Ich rieche halt nach mir!"

Angelos lachte.

„Aber gut zu wissen, dass ich Dich damit einfangen kann!"

„Auf jeden Fall!"

22

Die Tür knarrte.

Angelos kam vom Joggen zurück. Schweiß tropfte ihm von der Stirn.

„Guten Morgen, Pa …". Dann brach er in Gelächter aus. Tatsächlich wölbte sich die Bettdecke.

„Auf wieviel Meter Entfernung riechst Du eigentlich meinen Schweiß?", fragte Angelos noch immer lachend.

„Hattest Du nicht mal den Eindruck, mir würde der Sex mit Dir nicht gefallen? Ich denke, die Tatsache, dass ich allein schon beim Gedanken an Deinen Geruch jede Fassung verliere, spricht wohl dagegen."

„Aber ich bin total verschwitzt, ich muss vorher …"

„Einen Teufel musst Du. Du kommst sofort hierher!"

Angelos gehorchte und legte sich zu Paul. Kaum hingelegt, vergrub Paul seinen Kopf unter Angelos´ Achsel.

Angelos lachte lauthals.

„Ich habe nicht nur ein Sexmonster, sondern einen richtigen Perversling geheiratet. Gott habe ich Glück!"

Paul war nicht zu bremsen.

Kurzzeitig dachte er: wenn ihn Aris oder seine Kollegen oder gar seine Ex-Frau jetzt sehen könnten, sie würden ihn wegsperren lassen.

„Paul, ich bin kitzelig. Langsam!"
„Ich werde rasend bei dem Geruch!"
Angelos lachte und war glücklich. Das hier war der beste Beweis dafür, dass Paul verrückt war. Nach ihm. Dem kleinen Angelos Markaris. Er war zwar 1,85 m, also keineswegs klein, sonst auch nicht, aber Pauls Hingabe half ihm sehr. Mehr als Paul ahnte.
Am Ende des Schweiß/Sex-Frühstücks waren beide platt.
„Das, mein lieber Angelos, war der beste Sex meines Lebens. Ich, äh …"
„… liebe Dich, wolltest Du sagen. Danke."
„Soll ich Dich jetzt noch weiter preisen?"
„Bitte gerne", sagte Angelos grinsend.
Du bist ein gut aussehender Mann mit perfektem Charakter, einem phänomenalen Geruch und tollen Zaubertricks! Und das Unfassbare: Du bist meiner!"

„Ja. Und das bleibe ich auch. Ich will nie mehr irgendwelche Zweifel hören", sagte Angelos.

„Niemand sonst darf jemals meinen Schweiß ablecken! Versprochen!"

23

Christos Markaris war am Ende.
Er hatte alles vermasselt.
Zunächst lief alles glatt und zwar so, wie
Mahmut es geplant hatte. Das Sprengen der
Ehe von Paul und Angelos funktionierte
schneller und reibungsloser als gedacht. Die
Badszene war filmreif.
Der Auftrag schien erledigt und er hätte
nach Rhodos zurückkehren können.
Bis seine eigene Mutter eingriff, und Paul das
Leben rettete. Was passiert war, erfuhr er
von einem Kunden aus dem Krankenhaus.
Als er hörte, dass sie mit einem großen
Fremden mit einer Narbe im Gesicht im
Hospital auftauchte, war klar: das war Nikos,
Angelos´ Chef. Spätestens seit der
Nachricht, dass Angelos sechs Tage an Pauls
Bett verbracht hatte, war das Scheitern
offensichtlich.
Sie waren wieder zusammen!
Und die Folgen würden nicht lange auf sich
warten lassen. Angelos würde sich rächen
wollen, dessen war er sich sicher. Er war so
abhängig von Paul, dass …

Schlimmer würde sein, dass seine Eltern und die ganze Insel von seinem Escort-Job erführen. Dann waren da noch die Türken, die bestimmt nicht erfreut sein würden über den Ablauf. Auch wenn er alles richtig gemacht hatte. Von diesem blöden Viagra-Zeug hatte er einen ganzen Tag Herzrasen. Was die Türken mit ihm anstellen würden, darüber wollte er lieber nicht nachdenken. Aber er, Christos, konnte ohnehin nicht mehr zurück. Denn von was sollte er leben?

Das war´s also.
Aber er wollte seinem Bruder wenigstens ein paar Zeilen schreiben.
Vielleicht würde er ihm verzeihen?
Wohl nicht.
Er setzte sich auf und schrieb auf einen Zettel ein paar Worte. Aber er brachte nichts Vernünftiges zustande. Also ein Abgang ohne Nachricht.
Dann fuhr er den Berg hoch zur Abhörstation.
Unterhalb der großen Kugel hielt er an und stieg aus.

Er setzte sich neben das linke Vorderrad, holte sein Messer heraus und schnitt sich längs in die Adern.

Längs hatte der Arzt gesagt, niemals quer.

24

Ankara

Mahmut Kemal war mehr als unwohl. Genauer gesagt hatte er Angst. Der Büroleiter des Präsidenten hatte ihn einbestellt für den frühen Nachmittag. Den Grund konnte er sich denken. Die Imea-Aktion musste erneut verschoben werden, eine schwere Niederlage für den Dienst und ihn.

Gut, vielleicht hätte er mit seinem Plan nicht so großspurig auftreten solle.

Aber der große Meister liebte ja selber solche Auftritte.

Dieser Vollidiot von Christos hatte es vermasselt. Sicher, anfangs sah das Ganze gut aus. Die Herren waren getrennt, dachten eher an das Ende, denn an ihre Arbeit. Dann hätten sie mit dem Einschleusen deutlich weniger Probleme gehabt, vor allem, weil sie ja auch Hilfe aus Athen bekamen. Aber das war sein persönliches Geheimnis. Sollte der große Zampano in seinem grotesken Palast sich zu

sehr daneben benehmen, so würde er ihn
mit dieser Information besänftigen können.
Und seinen Kopf retten.
Und die drei anderen: Christos, Angelos und
Pandis. Sie würden auf jeden Fall bezahlen.

25

Es war Angelos, der das Telefon abnahm.
„Hier Giorgos, Polizei Mykonos".
„Giorgos, ich weiß, wo Du arbeitest", sagte Angelos gut gelaunt.
„Ich habe leider eine schlechte Nachricht für Dich. Wir haben Deinen Bruder gefunden!"
„Das ist doch gut. Dann kann ich ihm endlich eine runterhauen!"
„Das wird nicht funktionieren, Angelos. Er ist tot!"
Stille.
Automatische Frage.
„Wie ... wo?"
„Er hat sich oben am Berg die Pulsadern aufgeschnitten. Er war längst verblutet, als ein Schäfer ihn fand."

Es ist immer etwas anderes, jemand den Tod zu wünschen, der einem etwas angetan hat und dem tatsächlichen Tod jenes Menschen.
Vor allem, wenn es der eigene Bruder war, mit dem ja man 33 Jahre mehr oder weniger zu tun hatte.

Angelos schwankte und Paul hielt ihn fest.
„Oh Gott, Großer. Ich habe ihn zwar nach dieser Aktion mit uns gehasst. Aber nach Nikos´ Erzählung hatte ich sogar etwas Mitleid. Armer Kerl!"
„Nein. Verziehen hätte ich ihm ohnehin nie. Aber stell´ Dir vor, was das für meine Eltern bedeutet. Mamas Kommentare über Christos waren zwar eindeutig. Das Gleiche hat sie aber auch über mich gesagt, als ich ihr mitteilte, dass wir beide heiraten. Letztendlich siegt immer die Mutterliebe. Sie rettet Dich, Gott sei Dank und verliert ein paar Tage später ihren Sohn. Das ist einfach grausam. Was passiert jetzt mit ihm?"
Paul schaute betreten.
„Erst werden Katsakis und die Spusi kommen, dann bringt man den Leichnam in die Kühleinheit bis zur Freigabe."
Kühltruhe wollte Paul nicht sagen.
„Komm her, Großer! Lass Dich drücken!"

Und Angelos weinte hemmungslos.
„Ich kann es Mutter nicht sagen!"
„Das brauchst Du auch nicht. Das mache ich. Besser wäre es, wir würden erstmal nichts sagen, bis Katsakis und die Spusi da waren."

„Was macht das für einen Unterschied?"

„Dass die Leiche solange nicht freigegeben wird. Das dauert Tage. Bis zur Beerdigung werden mindestens zehn Tage vergehen. Zehn Tage Horror zwischen Nachricht und Beerdigung. Wie soll sie da zur Ruhe kommen? Sagen wir es ihr, wenn die Leiche wieder da ist, sind es vielleicht drei oder vier Tage Leiden. Das macht einen enormen Unterschied", sagte Paul.

„Du bist mir gedanklich so weit überlegen, dass es schon fast wehtut. Gott sei Dank habe ich Dich!", sagte Angelos ganz leise.

„Ach herrje. Du hast Deinen Bruder verloren. Wie soll man da klar denken. Dafür bin dann tatsächlich ich zuständig. Genau dafür ist man zusammen, mein Schönster. Und nebenbei: selbst verheult bist Du eine Augenweide!"

Da strahlte Angelos wieder.

Paul hatte begriffen, dass er ihn öfters loben musste als bisher. Er ist nicht so selbstsicher, wie er immer tut.

26

„Katsakis."

„Markaris."

„Kann ich bitte mit Herrn Pandis sprechen?"

„Das bin doch ich, Du Idiot", sagte Paul.

„Du weißt, dass ich geheiratet habe."

„Oh, aber ich wusste nicht, dass Du den Namen geändert hast. Deswegen bin ich noch kein Idiot!", raunzte Katsakis zurück.

„Ich hätte gute Lust aufzulegen, ohne Dich zu warnen!"

Paul wurde seltsam.

„Wieso warnen?"

„Weil Giorgos unterwegs zum Richter ist, um einen Haftbefehl gegen Deinen Mann ausstellen zu lassen."

„Waaaaass?"

Man lässt uns nicht in Ruhe.

Aber jetzt reicht es.

„Und wegen was?"

„Wegen Mordes an seinem Bruder!", sagte Katsakis.

„Seid Ihr jetzt alle verrückt?"

„Sag nicht ‚Ihr', ich warne Dich vor, Du Idiot!"

„Wegen Mordes? Er hat sich die Pulsa…"

„Ja auch, er bekam aber auch einen Kopfschuss."

In Paul drehte sich alles.

„Und den Bürgermeister will er bitten, Dich Deines Postens zu entheben. Giorgos will Deinen Job!"

„Das … ich bin sprachlos. Was soll ich jetzt tun?"

„Ich mache die Autopsie so schnell ich kann, um festzustellen, wie die Abfolge war. Das dauert aber. Bringt aber vielleicht das falsche Ergebnis."

„Angelos hat niemanden umgebracht."

„Das glaube ich Dir ja. Blöd nur, dass Giorgos die Geschichte von Rhodos kennt. Ein anonymer Anrufer, sagt er!", schnaubte Katsakis verächtlich. „Damit wäre ein Motiv da. Und ich vermute mal, die Kugel stammt aus einer Polizeiwaffe."

Die nächste Inszenierung also.

„Ich helfe Dir, wenn ich es kann, Paul. Auch wenn Du nicht immer freundlich zu mir warst! Und bist!"

Paul legte auf.

Und erzählte Angelos alles.

Sprachlosigkeit.

Erst den Bruder verlieren, jetzt verhaftet als Mörder?

„Ich kann bald nicht mehr", sagte er.

Paul schüttelte den Kopf.

„Genau das wollen sie! Dass wir aufgeben. Niemals. Du bist nicht alleine. Ich schwöre, dass ich alle zur Strecke bringe, die uns das antun. Vertrau mir, Angelos. Hörst Du?"

„Ich vertraue Dir, das weißt Du."

„Bin ich schon einmal bei einem Mordfall gescheitert?", fragte Paul bewusst direkt.

„Nicht, soweit ich weiß", meinte Angelos.

„Jetzt wirst Du mal sehen, wie ich für Dich kämpfe. Bisher war das nur Theorie. Und jetzt zieh´ Dich an. Diese Idioten werden bald hier sein!"

27

Und dann kamen sie.

In der Tür standen Giorgos, Yannis und zwei Kollegen aus Naxos.

„Das ist doch der Gipfel. Traut sich nicht mal alleine her. Und von Dir, Yannis, hätte ich das nicht gedacht."

„Ich hatte mich auch zuerst geweigert, dann hat er mir gedroht", sagte Yannis betrübt.

„Aus dem Weg Pandis, wir haben eine Verhaftung zu vollziehen!", sagte Giorgos.

„Wie lange hast Du gebraucht, um den Spruch auswendig zu lernen? Und im Übrigen heiße ich nicht mehr Pandis. Die Polizei sollte schon korrekt arbeiten!"

„Aus dem Weg!"

„Lass ihn, Paul!", ging Angelos dazwischen. Doch der war nicht zu bremsen.

„Darauf wartest Du seit Jahren, nicht wahr? Wie eine Ratte im Loch, die Du auch bist! Aber ich schwöre Dir, Du wirst teuer dafür bezahlen. Ich werde Dich bis an Dein Lebensende verfolgen. Und ich werde Dich kriegen, so wahr ich Markaris heiße."

Giorgos wand sich an die Polizisten aus Naxos.

„Schaffen Sie die Schwuchtel raus und nehmen Sie den andere..."

Schon hatte sich Kommissar Markaris auf seinen Stellvertreter gestürzt und prügelte wie wild auf ihn ein. Es bedarf Angelos´ Hilfe, ihn von dem blutenden Giorgos loszureißen. Er selbst bekam natürlich auch etwas ab.

Als Paul und Angelos im Fond des Wagens saßen – beide in Handschellen – sagte Angelos:

„Manchmal durchschaue ich Dich. Du hast es darauf angelegt, dass sie Dich auch verhaften. Wahrscheinlich, damit ich nicht alleine im Gefängnis sitze."

Paul lächelte, trotz gebrochener Nase.

Mein schlaues Kerlchen!

„Wahrscheinlich aber eher, weil Du ohne meinen Schweiß nicht leben kannst."

Angelos lächelte.

Er hat Humor, in einer solchen Situation. Außergewöhnlich.

„Der Nachteil: vom Gefängnis aus kannst Du nicht ermitteln!"

„Noch einmal: vertraue mir. Ich habe einen Plan!"
„Das weiß ich. Sonst würde ich das nicht durchstehen!"

28

„Ich wünsche den Herren einen schönen Abend!"
Rumms – und die Türe im Keller des Rathauses war zu. Natürlich hatte man sie in zwei verschiedene Zellen gesperrt.
„Naja, immer noch besser als die Latrine in Bengasi!", meinte Angelos.
Da ging die Türe wieder auf. Es war Yannis. Leise sagte er: „Hallo Chef, Sie sollen wissen, wir sind auf Ihrer, sorry, eurer Seite. Aber was sollte ich tun?"
„Ist schon gut. Das weiß ich, Yannis!"
Er wollte schon gehen, da drehte er sich um und fragte:
„Wollt Ihr lieber in eine Zelle?"

„Das wäre schön", antwortete Paul dankbar.

Endlich konnten sie sich wieder in die Arme nehmen.
„Gott, Du siehst wirklich übel aus. Du brauchst einen Arzt. Auf alle Fälle für die Nase!", meinte Angelos.
„Bin ich jetzt so verunstaltet, dass Du mich hinterher verlässt?"
Angelos lachte.
„Nein. Nicht mal, wenn eine Granate in Deinem Gesicht explodiert wäre." Eine Hundertstelsekunde später hatte Angelos Pauls Nase gerichtet.
„Du Grobian! Himmel, tut das weh!" Und das Blut lief.
Und es geschah etwas Unglaubliches: Angelos leckte das Blut ab, das aus Pauls Nase tropfte. Wieder einmal erlebte Paul mit diesem Mann etwas vollkommen Unerwartetes. Aber es war ein unfassbares Zeichen von Innigkeit. Das begriff er.
„Ich habe einen Vampir als Mann!"
„Entschuldige bitte, ich weiß nicht, warum ich das jetzt getan habe. Halte mich jetzt bitte nicht für abartig!"

„Nein. Das war … unglaublich innig. Wer tut so etwas schon? Du bist abartig, aber im Guten. Mit Dir erfährt man Sachen … Mit Dir fühlt man, was man noch nie gefühlt hat."

Angelos lächelte.

„Was tun wir jetzt hier?"

„Ich hätte eine hervorragende Idee!", sagte Paul.

Angelos verdrehte die Augen.

„Bist Du sicher, dass hier keine Kameras sind?"

Und Paul meinte nur: „Bei uns beiden ist das ohnehin schon egal."

„Paul, ich kann heute nicht. Ich bin wie tot!"

Himmel, Pandis, äh, Markaris, Du bist ein Trampel.

„Wo habe ich nur meinen Kopf? Du hast Deinen Bruder verloren und sitzt jetzt hier im Gefängnis und ich komme mit … verzeih´ mir."

„Ich habe nicht nur meinen Bruder verloren, sondern Dich fast zwei Mal, einmal hier und auf Rhodos – und dazu hält man mich für einen Mörder.

Er weinte leise.

Klar, alles ein bisschen viel. Paul war da zuversichtlicher. Er hatte noch einiges in der Hinterhand.

„Wie wäre es, Angelos, wenn ich mich auf der komfortablen Pritsche hinter Dich lege und Dich im Arm halte?"

„Das wäre schön!"

Und schon war Angelos eingeschlafen.

29

Am nächsten Tag ging es zum Haftrichter.
Angelos hatte ein paar Stunden geschlafen,
Paul hingegen nicht. Er grübelte, ob wohl
alles funktionieren würde. Außerdem lag
Angelos die ganze Nacht auf seinem Arm,
aber wegziehen wollte er ihn auch nicht.
„Deine erste Nacht im Gefängnis war wohl
auch nicht so prickelnd", meinte ein
zerknautschter Angelos.

Haftrichter Mantzaris war Pandis im Grunde
genommen gewogen. Sie hatten zwar die
eine oder andere Auseinandersetzung über
Pauls unorthodoxe Methoden, aber dass er
Miguel auf freiem Fuß ließ, rechnete ihm der
Kommissar hoch an.

„Herr Richter! Der Mörder und sein …
Ehemann", sagte Giorgos. Den ‚Ehemann'
natürlich mit dem entsprechenden Spott.
„Mutmaßlicher Mörder. Und nehmen Sie
ihnen die Handschellen ab, Sie Idiot. Aus
meinem Gerichtshof ist noch keiner
geflohen! Und jetzt raus hier!"
Giorgos verzog sich.

„Ich kann ihn nicht ausstehen. Speichel-
lecker. Ganz wie sein Vater!"

Pause.

„So, meine Herren. Ich schlage zunächst vor,
ich spreche Sie mit Angelos und Paul an.
Dann kommen wir mit den ganzen Markaris
und Pandis nicht durcheinander.
Einverstanden?"

Die Delinquenten nickten.

„Zunächst zu Ihnen, Pandis, äh, Paul.
Widerstand gegen die Staatsgewalt,
tätlicher Angriff auf einen Polizisten!"

„Da kann ich nichts dafür. Der Kollege hatte
sein Gesicht zwischen meiner Faust und
Giorgos. Und meine Faust wollte unbedingt
in Giorgos´ Gesicht!", meinte Paul.

„Was ich sehr gut verstehen kann. Dennoch:
Strafe muss sein. Ich verurteile Sie zu acht
Stunden Sozialarbeit beim Seniorentanzkreis
Ano Mera mit der Verpflichtung, an wenigs-
tens einem öffentlichen Tanz mitzuwirken!"

„Aber Euer Ehren!", protestierte Paul.

„Klappe, Paul", sagte Angelos bestimmt.

„Ah, endlich mal jemand, der diesen unkon-
trollierbaren Rüpel unter Kontrolle bringt.
Aber nun zu Ihnen, junger Mann. Ich glaube
zwar nicht, dass Sie der Mörder Ihres Bruders

sind, aber leider gibt es ein Motiv. Er hat Sie und Ihren Ehemann auseinandergebracht. Die ganze Geschichte hat Giorgos von einem anonymen Anrufer. Die habe ich besonders gern, weil sie so gute Zeugen abgeben."

Der Zynismus tropfte schon. Sehr gut.

„Und ich bin mir auch sicher, dass die Kugel aus einer Polizeiwaffe stammt, die sie ja beide besitzen."

„Ich war es, Euer Ehren", sagte Paul.

„Mein Motiv war stärker!"

„Warum das denn?"

„Weil ich ihn mehr liebe als er mich!"

„Was bitte? Wie kannst Du …!", ging Angelos dazwischen.

„Meine Herren, keinen Ehekrach in meinem Amtszimmer. Und lassen Sie diesen Quatsch, Paul, oder Sie tanzen das ganze Jahr in Ano Mera!"

Das Telefon klingelte.

„Wer? Kenn ich nicht. Geheimdienst? Was will der denn? Autopsie? Na, dann mal her damit!"

Der Richter sagte mindestens fünf Mal ,aha', sechs Mal ,so' und drei Mal ,sehr gut'. Und zum Schluss den rätselhaften Satz: „Dann habe ich ja doch etwas Spaß! In meinem Email-Eingang?"

Der Richter lächelte.

„Nun, meine Herren. Laut Katsakis liegt der Todeszeitpunkt zwischen acht und zehn Uhr. Was haben Sie während dieser Zeit gemacht?"

Pandis dachte nach, welcher Tag es war und ihm schwante Fürchterliches.

„Der Herr vom Geheimdienst meinte, er habe von einem früheren Einsatz vergessen, die Kameras in Ihrem Haus entfernen zu lassen. Und ich sollte auf den Radiowecker und die Waffen achten. Nun, dann schauen wir uns das gemeinsam mal an."

Paul hoffte noch immer, dass es nicht gerade dieser Tag war.

Aber er war es natürlich.

Die Sequenz begann.

8.00 Uhr. Angelos verlässt das Haus. Joggen. Die beiden Waffen liegen gut sichtbar auf dem Beistelltisch.

8.48 Uhr. Angelos kommt zurück.

Das nun folgende ließ Angelos und Paul rot wie Tomaten werden und sie rutschten immer tiefer in ihren Stühlen.

„Was zum Teufel machen Sie da? Sie lecken doch nicht ... Und was ist das denn?"

„Die Uhrzeit Euer Ehren!, die ist wichtig!", sagte Paul.

„Klappe, Pandis!"

„Uuuii, mein lieber ... Oh je!"

Der Richter drehte sich zu Angelos und sagte:

Junger Mann, haben Sie schon mal erwogen, diesen alten Sack wegen Körperverletzung anzuzeigen?"

Angelos lachte schallend.

„Ich sage immer, ich habe ein Sexmonster geheiratet!"

„Ich muss doch sehr bitten", ging Paul dazwischen.

Laut Aufnahme war es 10.06 Uhr,

„78 Minuten? Das schaffe ich mit meiner Frau nicht in einem ganzen Jahr. Und an Achselriechen ist da gar nicht zu denken."

„Pandis, ich bin versucht, Sie neben dem Tanzkurs noch in eine Sextherapie zu schicken. Aber dem jungen Mann scheint es ja Spaß zu machen, oder?"

„Auf jeden Fall, Herr Richter!"

Angelos lachte, während Paul noch immer knallrot war.

„Sie brauchen nicht rot zu werden, Paul. War auch nicht schlimmer als die Nummer in der Seilbahn!"

Die hatte er also auch gesehen.

Er würde Nikos umbringen.

Beim Hinausgehen fragte Angelos:

„Können wir eine Kopie bekommen?"

„Angelos!"

„Nein. Zunächst muss ich das meiner Frau zeigen!", sagte der Richter.

„Und jetzt raus hier! Sie sind entlassen!"

30

Heute würde ein Glückstag für die Familie Markaris werden. Ein kurzer Anruf von Nikos hatte seinen Morgen bereits erleuchtet. Ein innerer Vorbeimarsch würde Paul erwarten und den würde er in vollen Zügen genießen.

Paul ließ Angelos fahren, er wollte die Fahrt genießen und pfiff vor sich hin. Verraten wollte er nichts.
„Parken und dann gehen wir ins Büro."
„Ich soll ins Büro? Zu Giorgos? Nach all dem, was ..."
„Angelos, hab Vertrauen!"
„Habe ich. Also gut. Ich bin gespannt."
Als beide das Büro betraten, lächelte Yannis, während Giorgos sich in sein Zimmer verzog. Paul hörte etwas wie „Was will der denn hier?" Auf wen es sich bezog, wusste er nicht.
„So, Angelos, wir setzen uns jetzt dorthin und warten. Es geht gleich los."

Um 11.01 Uhr betraten Nikos und zwei Uniformierte das Büro der Polizei Mykonos.

Um 11.02 Uhr kam der Bürgermeister dazu. Herbeizitiert von Nikos.

„Dann kann es ja losgehen", sagte Nikos.

„Mit gezogener Pistole, bitte", sagte Paul.

„Gerne" grinste Nikos.

Sie öffneten die Türe zu Giorgos´ Büro.

Dem entgleiste das Gesicht.

„Sie sind verhaftet wegen des Verdachtes des Hochverrats nach § 452. Darauf steht zwar noch die Todesstrafe, aber heutzutage gibt es nur noch lebenslänglich. Hinzu kommen Steuervergehen und Verstöße gegen das Geldwäschegesetz."

Die Uniformierten zerrten Giorgos vom Stuhl und legten ihm Handschellen an.

Er schrie:

„Ich bin unschuldig!"

„Das ist eine Verschwörung!"

„Dahinter stecken die zwei Schwuchteln da!"

Angelos fragte Nikos: „Darf ich?" und der nickte. Er sagte zu den Uniformierten: „Beide wegsehen!"

Und Angelos brach Giorgos den Kiefer.

„Und jetzt bringt diesen Abschaum raus!", meinte Nikos.

Das restliche Büro applaudierte. Darüber war Paul sehr froh. Er würde mit diesen Leuten weiterarbeiten können.

Der Bürgermeister brummelte eine Entschuldigung.

„Gott war das schön!", sagte Paul.

„Du siehst, die Liste ist abgearbeitet!"

Dann wand er sich Nikos zu und küsste ihn auf beide Wangen.

„Du hast uns jetzt zwei Mal gerettet. Ohne Dich wären wir verloren gewesen. Schon auf Rhodos. Das werde ich Dir bis zum Tod nicht vergessen. Ich werde immer alles für Dich tun, wirklich alles!"

„Aber fang jetzt nicht an, mir den Schweiß zu lecken!"

Paul schaute grimmig.

„Gott sei Dank fiel mir noch ein, dass wir vom letzten Mal noch die Kameras in eurer Wohnung hatten."

„Es hätte aber gereicht, den Inhalt dem Richter zu schildern. Man hätte ihm die Aufnahmen nicht zeigen müssen."

„Der fand es - glaube ich - so unter-haltsamer. Vielleicht sollte man Angelos´ Schweiß als Kampfstoff einsetzen. Meine

Angestellten haben ungeahnte Fähigkeiten."

Paul und Angelos bekamen wieder Köpfe wie reife Tomaten.

„Als ob die Seilbahn nicht gereicht hätte!", murmelte Paul.

Und beide lachten lauthals.

„Ihr zwei seid definitiv nicht normal – und dafür bin ich dankbar!", sagte Nikos und schloss die Türe hinter sich.

„Übrigens: über alles Weitere müssen wir noch sprechen. Wir sind ja noch nicht fertig!"

Draußen sagte Angelos: „Mist, ich habe vergessen zu fragen, ob er uns eine CD brennt!"

„Damit wir sie wieder versehentlich Deinen Eltern vorführen?"

Mit Schrecken erinnerte er sich daran, wie Mama und Papa Markaris zumindest für zehn Sekunden – zehn laaaaaange Sekunden – ihm und Angelos beim Sex in der Seilbahn zusehen mussten, weil Angelos die CD vertauscht hatte.

Dabei war die Reaktion von Mutter Markaris richtig cool: „Sowas hast Du mit mir nie gemacht!", sagte sie zu Ihrem Mann.

Sie gingen ins „Da Vinci".

„Und jetzt erzählst Du mir, wie Du das gedeichselt hast", und Angelos sah ihn streng an.

Paul zögerte. Sollte er?

„Ohne Nikos wäre gar nichts gegangen. Ohne Deine Mutter auch nicht!"

„Was bitte hat meine Mutter damit zu tun?"

„Von ihr hatten wir eine Schriftprobe Deines Bruders!"

Angelos schaute immer verwirrter.

„Nun, Dein Bruder hatte ein Konto auf St. Kitts, mit 150.000 Euro, überwiesen von einer Bank, die der türkischen Armee gehört, natürlich nicht offiziell. Und von diesem Konto hat er 50.000 Euro auf ein anderes Konto überwiesen, das Giorgos gehörte."

Angelos sagte nichts.

„Ich weiß, was Du jetzt denkst, Angelos. Dass Nikos und ich alles inszeniert haben und ja, Du hast recht, was den Teil mit Giorgos betrifft."

„Die Vorwürfe stimmen also gar nicht?"

„Nein, aber er wird ja nicht gehenkt, sondern kommt nach zwei Jahren raus – so wird der

Deal lauten. Nebenbei war er korrupt, das war kein Geheimnis. Und Material hatte ich gesammelt – für genau eine solche Situation.

Angelos schaute noch immer fragend.

„Ich habe Dir gesagt, dass jeder dafür bezahlen wird, der Dir etwas antut. Und das Versprechen habe ich eingehalten."

„Ich weiß nicht, was ich sagen soll, außer: Du bist der außergewöhnlichste Mensch, den ich je getroffen habe!"

Und nach einer Pause:

„Aber mit Sicherheit der skrupelloseste Kommissar der Welt."

„Ja, da magst Du recht haben. Ich kämpfe nicht nur gegen Gewalttaten an sich, sondern auch gegen moralische Gewalttaten. Leider stehen Grausamkeit oder Intrige nicht im Gesetzbuch. Sollten sie aber."

Paul trank von seinem Espresso.

„Und mein Paragraph 1 lautet …"

„… ich schütze meinen Mann um jeden Preis?", ergänzte Angelos. „Um jeden Preis. Soviel zu Deinem Wert, mein Großer!

31

„Und jetzt erzählt Ihr mir bitte, was es mit der Schriftprobe noch auf sich hat!", sagte Angelos.

Nikos und Paul starrten sich an.

„Sollen wir?", fragte Nikos.

„Ich kann ihn nicht anlügen. Für den Fall, dass das Tape nicht gereicht hätte, hatten wir noch einen Abschiedsbrief Deines Bruders in petto, indem er Dir dankt, dass Du ihm verziehen hast. Damit wäre das Motiv entfallen."

„Es gab einen Abschiedsbrief? Und wo ist der?"

Nikos und Paul schauten sich wieder an.

„Angelos, es gab keinen", meinte Nikos.

„Paul hat Deine Mutter um eine Schriftprobe gebeten, die sie an mich geschickt hat. Aus seiner Zeit bei der Polizei in Piräus kannte Paul noch einen ‚Schriftexperten' …

„…und der hat einen Abschiedsbrief geschrieben", ergänzte Angelos.

„Ihr habt Beweismittel gefälscht?"

„Um Dich zu retten, ja. Und sei nicht naiv, Angelos. Jede Polizei fälscht Beweise. Jede. Oder lässt etwas weg. Bist Du jetzt sauer?

Hätte ich es nicht gemacht, wärst Du gesessen, bis zur Klärung und das hätte Wochen dauern können", sagte Paul.

Angelos schaute ziemlich verwirrt.

„Aber wann zum Teufel hast Du Dir das ausgedacht und arrangiert? Zwischen dem Anruf von Katsakis und der Festnahme lagen keine 45 Minuten!"

„Als Polizist musst Du wie ein krimineller denken und manchmal handeln. Ich wusste ja, Du warst es nicht!"

Dann kam die entscheidende Frage:

„Und wenn ich es doch gewesen wäre?"

„Hätte ich es trotzdem gemacht. Schließlich …"

„… liebt er Dich!", ergänzte Nikos.

„Ich hoffe, nicht nur wegen des Geruchs. Aber ich komme mir vor wie ein Depp. Ich war in diesen 45 Minuten wie gelähmt. Und Du hast in der Zeit meine Mutter angerufen, Nikos und den Fälscher. Und davor den Plan erdacht. Himmel, ich bin Dir weit unterlegen. Hoffentlich muss ich nicht Dich mal retten, sonst sieht es zappenduster aus!", sagte Angelos leise.

„Großer, Du hast mich schon gerettet. An dem Tag, an dem ich Dich zum ersten Mal sah!", sagte Paul und zum 204. Mal seit Angelos´ Auftauchen kamen ihm die Tränen.

Verflucht. Ich habe 25 Jahre lang nicht geweint, außer als Griechenland die EM gewann. Aber ansonsten.
Ich hasse es, wenn ich weinen muss.
„Und ich liebe es, wenn Du weinst!"
Angelos grinste.
Der Teufel konnte Gedanken lesen.

32

„Leider sind wir noch nicht am Ende, meine Herren. Wir müssen die Urheber dieser ganzen Vorfälle finden."
Nikos holte etwas weiter aus.
„Es geht um unsere Inseln und die Militärbasis auf Mykonos!"
„Militärbasis?", fragte Paul.
„Ja, wir haben eine Radarstation und drei Abfangjäger am Flughafen stehen!"
Er hat recht. Die Radarkugel sieht man jeden Tag, aber man beachtet sie nicht.
„Am 12. Februar hat ein türkisches Patrouillenboot eines unserer Küstenwachenschiffe gerammt. Die Verstärkung war nur deswegen so schnell da, weil die Station hier aufgepasst hatte.
1996 gab es fast einen Krieg. Nur die Amerikaner konnten Schlimmeres verhindern, weil ein Krieg zwischen zwei NATO-Partnern auch zu peinlich gewesen wäre. Das Grundproblem besteht darin, dass nach dem Vertrag von Lausanne das Festland Kleinasiens zur Türkei gehört, sämtliche Inseln aber zu Griechenland. Und die liegen teilweise nur ein paar Hundert

Meter von der Küste weg. Das möchten die Türken gerne ändern. Ich vermute, sie möchten in der Station oben einen Maulwurf einschleusen oder aber sie haben schon einen. Ich glaube nicht, dass der Fundort von Christos direkt unterhalb der Kuppel ein Zufall war. Und dieser ganze Aufwand, euch zwei aus dem Verkehr zu ziehen, damit sie freie Bahn haben. Kurzum, ich muss da oben jemand einschleusen."

Paul schüttelte den Kopf.

„Das kannst Du ganz schnell vergessen. Angelos ist gerade erst wieder draußen, da soll er schon wieder Kopf und Kragen riskieren. Geht´s noch? Und außerdem ist Angelos bekannt wie ein bunter Hund auf der Insel!"

„Nein, Paul. Reg Dich nicht auf. Ich dachte eher an Loukas. Der könnte dann auch bei euch wohnen!"

Ja, dachte Paul, und dann wieder für einen fürchterlichen Streit sorgen.

Dann hörte er die Worte:

„Kommt überhaupt nicht infrage. Das hier ist unser Zuhause. Hier wohnen Paul und ich. Sonst niemand."

„Ich glaube wohl, ich habe mich verhört? Darf ich Dich daran erinnern, dass ich wegen euch nach Rhodos fliegen musste, ich euch wieder zusammengebracht habe?"

„Dass Du uns das jetzt vorhältst, ist unter der Gürtellinie. Die Antwort bleibt ‚nein'. Loukas kann gerne vorbeikommen, er bekommt auch alle Hilfe, die er braucht. Aber ein Agentenstützpunkt wird unsere Wohnung nicht."

Und der Gesichtsausdruck von Angelos ließ keine weitere Diskussion zu.

„Sagtest Du nicht, Paul, dass Du …"

„Ich weiß, was ich gesagt habe. Aber Familie geht vor. Und Angelos ist hier der Chef!

So stürmte Nikos wutentbrannt aus dem Haus!

Paul umarmte Angelos und flüsterte ihm ins Ohr:

„Das war verdammt mutig von Dir. Immerhin ist er Dein Vorgesetzter!"

„Mein Chef bist Du und sonst niemand. Außerdem weiß ich, dass Du Loukas nicht magst. Und vielleicht haben wir auch ein paar Tage Ruhe verdient!"

„Danke, mein Großer!"

„So, und jetzt kann ich endlich meine Jogging-Runde nachholen", meinte Angelos.
„Seit wann joggst Du am Nachmittag?", fragte Paul erstaunt.

Angelos schüttelte den Kopf und lachte. „Oh mein Super-Kommissar. Manchmal stehst Du ganz schön auf der Leitung. Ich MUSS Joggen, sonst wird es nichts mit Deiner Belohnung!"
Ja, bitte!

33

Es dauerte zwei Stunden, bis es wieder an der Türe klingelte. Nikos war eine Stunde am Strand spazieren gegangen und hatte dann in Kalo Livadi einen Cappuccino für 7 Euro zu sich genommen.

Angelos öffnete die Türe.

„Frieden?", fragte Nikos.

„Frieden!", sagte ein ungewöhnlich gut gelaunter Angelos.

„Ich entschuldige mich, das war nicht in Ordnung von mir."

„Schon in Ordnung, Nikos. Aber die Entscheidung bleibt."

„Das ist mir schon klar. Ich bringe Loukas im Thalasso unter. Das ist auch nicht weiter weg."

„Aber sündhaft teuer...", meinte Angelos.

„Auch nicht teurer als Vermittlungsflüge nach Rhodos", sagte Nikos und lächelte breit.

„Touché."

„Ist Paul geflüchtet?"

In diesem Moment kam dieser die Treppe herunter. Mehr schwebend als gehend, mit verklärtem Gesichtsausdruck und mit nicht ganz sicherem Schritt.

„Himmel, habt Ihr noch ein anderes Hobby?"

„Offensichtlich nicht, wie Du siehst", sagte ein fröhlicher Angelos.

Am Abend saßen die vier – Paul, Angelos, Nikos und Loukas im Wohnzimmer. Letztendlich wurde die Wohnung Markaris nun doch zur Zentrale. Da die Basis sich nur wenige Hundert Meter oberhalb befand, lag die Entscheidung nahe. Aber Angelos hatte Nikos gezeigt, dass es keinen Automatismus gibt.

Als Loukas eintraf, begrüßten Angelos und Loukas einander per Umarmung, Paul bekam ein freundliches Gesicht und einen Händedruck.

„Wow, in meinem ganzen Leben habe ich noch nie so gewohnt!", meinte Loukas.

„Gewöhne Dich auch nicht daran", knurrte Nikos. „Das hast Du diesen zwei Sportlern zu verdanken. Und sei froh, sonst müsstest Du wahrscheinlich noch mitmachen!"

Loukas lachte.

„Da hätte meine Freundin sicher etwas dagegen!"

„Und ich auch", schob Paul hinterher. Und bekam einen zornigen Blick von Angelos. Motto: Fang bitte nicht schon wieder an! Der letzte Besuch von Loukas endete mit einem handfesten Krach, weil Paul – wieder einmal grundlos – eifersüchtig war.

„Also Loukas, Du trittst morgen Deinen Dienst in der Basis an. Rang Major, Stelle Verbindungsoffizier zu uns. Nähere Erklärungen brauchst Du nicht zu geben. Schau, wer als Maulwurf infrage kommt. Wenn es denn einen gibt. Du hältst Verbindung zu uns, gehst aber jeweils vom Thalasso aus direkt hin und wieder zurück." Loukas nickte.

„Und Ihr beide haltet euch raus, außer Ihr werdet gerufen, ok?"

„Ok."

„Es arbeiten gerade Mal zwölf Mann dort oben. Der Kreis ist also überschaubar. Wir müssen den Kerl aber finden. Bei der Schiffskollision am 12. Februar war es die hiesige Station, die den Angriff entdeckte und die Marine in Marsch setzte. Sonst würden die Türken heute auf den Imia-Inseln sitzen. Von dem, was ein Maulwurf sonst noch verraten könnte, will ich gar nicht erst reden."

„Wenn es ihn denn gibt", warf Angelos ein.

„Dein Bruder wurde nicht umsonst erpresst und hat sich auch nicht aus bloßem Zufall zum Sterben gerade dorthin gelegt!"

Paul strafte Nikos mit einem bösen Blick. Christos hatte sich zwar „hingelegt" zum Sterben, bekam aber auch einen Kopfschuss.

34

Zwei Tage später war bereits etwas Routine eingekehrt. Loukas versah seinen Dienst in der Station unauffällig, entdeckt hatte er bisher nichts.

Nikos lag auf dem Sofa.

„In der Regel stinkt der Fisch von oben!", meinte er.

„Würde bedeuten, Du bist für alles verantwortlich, was in unserem Laden schiefläuft", sagte Angelos lapidar.

„Ganz schön frech, Dein Gatte!", sagte Nikos zu Paul.

„Im Ernst. Niedere Dienstränge wissen zu wenig. Da bräuchte es schon ein ganzes Netzwerk und das ist enorm aufwändig, so etwas aufzubauen. Dann lieber einen Offizier herauspicken und den unter Druck setzen."

„Liebesaffären, sexuelle Hörigkeit, Spielschulden, sonstige Leichen im Keller", meinte Paul.

Nikos lachte.

„In Punkto sexuelle Hörigkeit wärst Du das perfekte Opfer, Paul!"

„Sehr witzig!"

„Funktioniert aber nur mit einem Top-Agenten wie mir", sagte Angelos mit fröhlicher Miene.

„Angeber", gaben beide zeitgleich zurück.

Da läutete das Telefon. Nikos´ Büro.
„100.000 Euro? Wo? Baku? Wann? Ok, weitersuchen. Es gibt bestimmt noch mehr." Nikos seufzte.

„Ich lag wahrscheinlich richtig. Es könnte der Kommandant sein. Papandreu. Man hat ein Konto gefunden. In Aserbaidschan. Mit zwei Einzahlungen über 50.000 Euro. Eine zwei Tage vor der Kollision, zwei Tage nachher. Ein bisschen viel Zufall, oder?"

„Hinterfrage immer das Offensichtliche", sagte Paul.

Nikos und Angelos sahen ihn fragend an.

„Hat mein Polizeilehrer zu mir immer gesagt!"

„Nennen wir es also Hypothese, ok?"

Dann wurde die Stille durch ein Krächzen aus dem Funkgerät unterbrochen.

„Beta 5. Brauche Hilfe." Es war Loukas. Aber der Spruch wurde unterbrochen und selbst die anderen Teile waren fast nicht zu verstehen.

„Bitte wiederholen, Loukas!"

Wieder nur ein Gekrächze. Nur „Hilfe" war zu verstehen.

Warum war die Verbindung so schlecht? Das konnte gar nicht sein auf 500 Meter Entfernung!

„Ich gehe hoch", sagte Paul und griff sich eine der Waffen."

Angelos stellte sich vor die Türe.

„Kommt nicht infrage!"

„Angelos, keiner von euch beiden kennt sich hier aus. Ich schon!"

„Er hat recht!", sagte Nikos.

„Ja und wieder Mal halten wir beide den Kopf hin!"

Angelos lief wutschnaubend in die Küche und Paul machte sich auf den Weg zu Loukas.

35

Nikos und Angelos saßen in der Wohnung und warteten.

Was mochte Loukas entdeckt haben? Das Gespräch war nur teilweise zu verstehen. Seltsam: zwischen hier und der Station lagen keine 500 Meter.

„Ich bringe Dich um, wenn ihm etwas passiert!", sagte Angelos gereizt.

„Entspann Dich. Dort oben ist ja auch noch Loukas."

Aber irgendwie beruhigte das Angelos nicht. So fähig war Loukas auch wieder nicht. Ein guter Schütze, ja, sogar ein sehr guter Schütze. Aber er hatte seine Fehler. Charakterliche. Und dann waren da seine Spielschulden. All das hatte Angelos verdrängt, doch jetzt wurde ihm plötzlich unwohl. Und dann war da noch etwas …

Es brummte Nikos´ Handy.

„Was? Wer hat angerufen? Das gibt´s doch nicht!"

Nikos schaute betreten.

„Jetzt verstehe ich gar nichts mehr. Mein Büro. Papandreu, der Kommandant hat bei uns angerufen. Er habe auf einem Konto in

Baku Geld gefunden, dass da nicht hingehört. Er habe zwar ein Konto dort, aber nur weil seine Frau Azeri ist. Den Absender kenne er nicht. Er möchte das sofort gemeldet haben, nicht, dass er in einem falschen Licht dastehe. Seine Vorgesetzten hat er auch schon informiert."

Er konnte also nicht der Maulwurf sein. Nikos und Angelos schauten sich verwirrt an. „Loukas selber", sagte Angelos.
„Du spinnst!"

Vor allem konnte Loukas die entschei-denden Fragen nicht beantworten.

Paul war schon über 20 Minuten weg und Angelos wurde zunehmend unruhig.

Gut, Aufstieg 15 Minuten, bei Pauls Kondition 20 Minuten. Er konnte nicht ahnen, dass Dank des Frühsports in der Dusche die Kondition Pauls sich deutlich verbessert hatte.

Paul stand bereits auf dem Gelände, dessen Seitentür geöffnet war. Seltsam für eine Militäreinrichtung.

Es lag alles im Dunklen.

Er näherte sich einem der Schuppen, indem ein Licht zu flackern schien. Er sah durch das Fenster: nichts. Da, wieder die Lampe.

Er tastete nach der Klinke, um zu testen, ob sie zu öffnen war und – noch wichtiger – ob sie quietschte.

Er konnte die Türe öffnen, aber das Licht flackerte nicht mehr. Er bewegte sich leise an der Wand entlang. Ohne Schuhe, das hatte er von Angelos gelernt.

Dann spürte er einen Luftzug von hinten. Und dann wurde es um ihn dunkel.

In der Wohnung in Kalafati stieg die Unruhe. Bis Nikos rief: „Ich Idiot. Das war ein Stimmenverzerrer und kein schlechter Empfang!"

Angelos begriff sofort, was dies bedeutete. Er rannte zum Tisch, griff sich die Pistole und wollte zur Türe raus.

„Halt, Angelos. Du bleibst hier!"

„Kommt nicht infrage. Ich kann Paul nicht alleine dort oben lassen. Er ist seit mindestens 10 Minuten da oben!"

Paul war schon 20 Minuten oben. Er wünschte sich bereits, den unsportlichen Pandis von früher gäbe es noch. Dann wäre er später gekommen und hätte sich

Schmerzen erspart. Aber immer noch besser, als wenn Angelos hier liegen würde.

„Du bleibst hier! Das ist ein Befehl. Wenn Du hier rausgehst, schieße ich Dir ins Bein. Ich schwöre, ich tue es!", schrie Nikos.
„Ihr müsst euch nicht zu zweit in Gefahr begeben. Bei mir ist es egal, aber Ihr braucht euch. Verstehe es doch. Paul würde es garantiert nicht wollen. Bleib am Gerät und rufe schon mal einen Medicop. Den brauchen wir so oder so. Und fahr die Autos vom Hof, damit der überhaupt landen kann!"
„Ich soll den Parkwächter spielen, während Paul dort oben vielleicht stirbt?", brüllte Angelos.
„Genau das!"

36

Als er erwachte, war Paul noch minutenlang
benommen. Der Schlag auf den Hinterkopf
war nicht ohne. Und er spürte, dass die
Wunde heftig blutete.

„Na, Kopfschmerzen, Herr Kommissar?"
Er lag auf dem Bauch, aber die Stimme …
Loukas.

„Loukas, binde mich los. Was soll das? Bist Du
verrückt geworden?"

„Nein. Aber Du, wenn Du in eine solch billige
Falle tappst."

„Ich wusste schon, warum ich Dich von
Anfang an nicht leiden konnte."
Loukas lachte.

„Und Du warst eifersüchtig und hast Dich mit
Angelos gestritten. Köstlich, Ihr
Schwuchteln!"

„Aber ein bisschen geil war Angelos schon
auf mich, oder?"

„Da überschätzt Du Dich. Was willst Du?"

„Ich möchte, dass Du Angelos anfunkst, dass
Du Hilfe brauchst. Und er soll ohne
Verstärkung kommen!"

„Und was willst Du von Angelos?"
Loukas lachte.

„Ein wenig Reden, ein wenig Foltern, ein wenig … etwas, was ihm sonst Spaß macht."

„Was zum Teufel hat Angelos Dir getan?"

„Genug, um ihn dafür bezahlen zu lassen! Er hat mein Leben und meine Karriere zerstört. Tja, und dann kamen die Türken und interessierten sich für diese Anlage hier. Deren Maulwürfe in Athen rieten Nikos, mich zu schicken. Den Bock zum Gärtner gemacht. Köstlich!"

„Dann hast Du Christos erschossen?"

„Nein. Das war einer der anderen Agenten auf der Insel. Davon gibt es noch ein paar. Ich kann Türken zwar nicht ausstehen, ich bin ja Grieche, aber wenn man Geld braucht, kann man sich den Verleiher nicht immer aussuchen. Ich sollte den Verdacht auf Papandreu lenken, um von mir abzulenken. Die Mission ‚Angelos' ist meine Privatsache."

Er beugte sich zu Paul hinunter und flüsterte ihm ins Ohr:

„Vielleicht lasse ich ihn ja leben, aber Sex wird ihm nicht mehr möglich sein, weil …" Loukas lachte.

„Und jetzt haben wir genug geredet: Ruf ihn her!"

„Niemals!"

„Du alter Depp. Er lässt Dich ohnehin bald sitzen. Los!"

„Nein."

„Gut. Du lässt mir keine Wahl."

Paul hörte das Geräusch einer Bohrmaschine. Kurz darauf verspürte er einen höllischen Schmerz im Handrücken.

Dann bohrte ihm Loukas in das Schultergelenk.

Eigentlich müssten Nikos und Angelos die Schreie hören, dachte Paul noch, bevor er das erste Mal in Ohnmacht fiel.

Aber das war illusorisch.

Kaltes Wasser traf ihn am Hinterkopf.

„Nun, Herr Markaris" – er spie das Wort fast aus – „möchten Sie jetzt vielleicht ans Gerät, um Angelos zu Hilfe zu rufen. Wäre besser. Je eher er kommt, desto mehr bleibt übrig von seinem Kommissar."

„Nein. Und wenn Du mir die Hand abhackst!"

„Ach, dass es sowas Romantisches noch gibt!", er beugte sich hinunter zu Paul und flüsterte wieder:

„Aber wenn ich mit Dir fertig bin, wird er Dich ohnehin nicht mehr haben wollen!"

„Da unterschätzt Du ihn. Im Gegensatz zu Dir weiß er, was Treue und Ehre ist."

„Aber er wird sich vor Dir ekeln. Deswegen lasse ich Dich auch am Leben. Die größte Strafe für Dich wird sein, wenn er Dich mit Ekel betrachtet und dann verlässt!"

Paul merkte, wie Loukas den Gürtel und den Hosenbund durchschnitt. Dann zog er Paul die Hosen runter.

„Ich habe das in Ägypten gelernt. Man fängt immer mit einem Holzprügel an, wenn möglich mit ein paar Holzspreißeln."

„Bitte nicht, Loukas. Es findet sich bestimmt eine andere Lösung!"

„Nein. RUF ANGELOS!"

Ist der Mensch, den man liebt, ein solches Opfer wert?"

JA.

„Ich werde ihn nicht rufen!"

„Dein Pech!"

Loukas trieb den Holzprügel in den After. Der Schmerz war unbeschreiblich. Noch nie in seinem Leben hat er so geschrien. Und die Spreißel verursachten noch mehr Schmerzen. Es würde ihm den Darm zerreißen. Und mit jedem Stoß wurde es schlimmer. Acht, neun, zehn, mit immer mehr Wucht.

Dann zog er den Prügel heraus. Das Holz war voller Blut und auch aus dem Darm lief es in einer dünnen Bahn.

„Das müsste Dir doch gefallen, etwas Großes im Hintern zu haben."

Loukas lachte.

„RUF ANGELOS! Oder ich zeige Dir, was ich sonst noch in Ägypten gelernt habe."

Paul war nur noch teilweise bei Bewusstsein, aber er hörte, wie er selber ‚nein' sagte.

„Nun, am schlimmsten für das Opfer – das stammt wie erwähnt aus Ägypten – ist es, wenn es richtig vergewaltigt wird. Oder geschändet, wie man dort sagt. Entehrt fürs Leben. Gut, die Araber drücken sich immer sehr blumig aus."

Paul hörte das Rascheln von Kleidern.

„Noch kannst Du es verhindern! RUF ANGELOS!"

„Er wird Dich nicht mehr anrühren, wenn er es erfährt! Wenn er erfährt, dass ich Dich …, es wird ihn ekeln."

„Du kennst ihn nicht", sagte Paul schwach.

„Schauen wir mal, wie lange Du Deine edle Haltung durchhältst. Und dann machen wir mit dem Prügel weiter!"

Paul merkte, wie ihm erneut etwas Hartes eingeführt wurde. Sofort war dieser höllische Schmerz wieder da. In Wellen, in unglaublich starken Schüben. Er merkte, wie im Darm immer mehr riss.

Angelos, hilf mir!

Loukas hielt kurz inne.

„Das macht mit Dir mehr Spaß, als ich dachte."

Durch den Nebel des Schmerzes glaubte er zu hören „Mehr als mit Ange …" Ruf ihn an oder es geht weiter."

Paul konnte nicht mehr sprechen. Es war nur ein gebrummeltes ‚nein'.

Loukas machte weiter. Der Tisch wackelte heftig und drohte zusammenzubrechen.

Dann hörte Paul ein Geräusch. Dann einen Schuss. Loukas rutschte aus ihm heraus.

„Oh Gott, Paul. Was hat dieses Schwein Dir nur angetan!"

37

Der Schrei war markerschütternd. Aber viel
konnte Nikos nicht durch das halbblinde
Fenster sehen, schon gar nicht bei
stockdunkler Nacht. Was sollte er nun tun?
Angelos als Verstärkung holen? Der würde
durchdrehen.
Denn die Stimme war eindeutig die von
Paul.
Dann hörte er einen erneuten, diesmal
langgezogenen Schrei und das Klappern
eines Tisches. Das Geräusch war ihm
vertraut.
Er musste handeln. Er trat die Türe ein. Und
sah im Schatten einer kleinen Lampe einen
Mann auf dem Tisch und einen, der
danebenstand. Er schoss dem stehenden
Mann in die Schulter, der sofort
zusammenbrach. Nikos hoffte, dass er den
richtigen getroffen hatte.
Er tastete an der Türe und fand tatsächlich
einen Lichtschalter. Das Bild, das sich nach
Einschalten der Neonröhre bot, würde er nie
vergessen.
Auf dem Tisch lag bäuchlings ein Mann,
dessen Rücken übersät war mit Brand-

wunden von Zigaretten und Bohrlöchern. Am Schlimmsten aber: die Hose war heruntergelassen und vom Hintern strömte Blut. Unter dem Tisch hatte sich bereits eine kleine Pfütze gebildet. Daneben lag ein dicker Holzprügel, der bis zur Hälfte vor Blut triefte.

Oh Gott, Paul, was hat er Dir angetan?

Er ertastete die Halsschlagader, er lebte noch.

„Am liebsten würde ich Dir eine Kugel durch den Kopf jagen, Loukas! Du bist ein Tier."

„Du weißt doch gar nicht, ob es ihm nicht gefallen hat."

Da schoss ihm Nikos in das rechte Knie.

Er rief einen Medicop und versuchte dann, Pauls Wunden zu versorgen aber wie? Der Rot-Kreuz-Kasten in der Ecke war nicht auf Folterungen und Vergewaltigungen ausgelegt.

Er nahm die Mullbinden und stopfte sie in das Darmende. Sie waren in wenigen Sekunden voller Blut. Hoffentlich beeilt sich der Medicop, sonst wäre Angelos bald Witwer.

Angelos. Um Gottes willen! Er würde in wenigen Minuten hier sein.

Und ihn würde der Schlag seines Lebens treffen. Das musste er verhindern.

Verzweifelt suchte er nach einer Decke, aber nichts sah auch nur annähernd sauber aus und eine Infektion war das Letzte, was Paul noch brauchte. Da zog er sein Hemd aus und legte es über Pauls Hintern und Oberschenkel.

Und keine Sekunde zu früh.

Denn Angelos stand in der Türe und schrie wie ein Tier.

Das Hemd nutzte nichts. Er hatte sofort begriffen, was passiert war.

„Lebt er noch?"

„Knapp."

„Medicop?"

„Kommt."

„War es dieses Schwein?"

Er deutete auf Loukas.

Nikos nickte.

38

„Du fliegst mit Paul", sagte Angelos.

Nikos war überrascht.

„Ich bleibe hier."

„Du weißt, dass Du ihn nicht töten darfst. Sonst war alles umsonst!"

„Nikos, ich bin kein Anfänger. Und flieg Paul jetzt ins Krankenhaus. Er hat schon viel Blut verloren."

Angelos ging zurück in das Lagerhaus.

Loukas lag in der Ecke und stöhnte. Der Schuss hatte ihn genau im Schulterblatt getroffen.

Aber er lächelte schief.

„Ich glaube, Dein Mann ist seit heute etwas ausgeleiert."

Angelos trat ihm mit dem Stiefel mitten ins Gesicht. Kiefer und Nase waren gebrochen.

„Du kannst mich nicht töten, Angelos. Ich weiß, dass Nikos mich lebend braucht. Das ist meine Lebensversicherung."

„Warum, Loukas?"

„Weil Du blöde Schwuchtel Nikos erzählt hast, ich hätte hohe Spielschulden und wäre damit erpressbar. Was dann auch passiert war. Damit war meine Karriere ruiniert. Dafür solltest Du bezahlen. Aber Du hattest ja Deinen Opa, der Dich beschützt wie eine Glucke. Allerdings wird er Dir jetzt nicht mehr viel nützen!" Loukas lachte und spuckte Blut. Und ein paar Zähne.

Seelenruhig nahm Angelos einen Strick und legte ihn um Loukas´ Hals.

„Bist Du verrückt? Nikos wird Dich entlassen!"

Keine Reaktion.

Obwohl etwa gleich kräftig, gelang es Angelos, Loukas auf den Tisch zu ziehen, auf dem zuvor Paul gefoltert wurde.

Noch immer lief das Blut von den Kanten. Loukas versuchte, vom Tisch zu rutschen, aber Angelos hielt ihn fest. Er nahm die Seile, mit denen Paul gefesselt worden war und legte sie um Loukas.

Der ahnte, was nun folgen würde.

„Du blöde Schwuchtel!"

„Nein, keine Sorge. Ich werde Dir nicht das antun, was Du Paul und mir angetan hast!"

Angelos war immer noch still. Und Loukas sollte sich täuschen. Angelos hatte anderes vor.

Er nahm die Bohrmaschine, setzte am verletzten Schulterblatt an und begann zu bohren. Er drückte mit voller Kraft auf das Gerät.

Der Schrei war der eines Tieres. Loukas fiel in Ohnmacht.

Ohne Gefühlsregung ging Angelos zum Wasserhahn, nahm einen Eimer, füllte ihn mit Wasser und schüttete ihn auf den ohnmächtigen Körper.

Loukas stöhnte und kam langsam wieder zu Bewusstsein.

„Die Namen, Loukas!"

„Fick Dich!"

Angelos griff zur Bohrmaschine und setzte am linken Ellbogen an. Kalt wie Eis und mit professioneller Ruhe setzte er erneut an.

Der infernalische Schrei drang nicht bis zu Angelos´ Ohren.

„Stopp. Hör auf. Du bekommst die Namen. Wenn Du aufhörst!"

Angelos drückte wieder auf den Startknopf.

„Nein, halt! Bitte!"

„Nein, bitte, hat Paul auch gesagt, oder?", fragte Angelos.

Statt einer Antwort bekam er drei Namen.

„Und wo ist die Aufnahme?"

„Auf … meinem … Laptop im Hotel."

Er schrieb die Namen auf einen Zettel, der an der Wand hing, wahrscheinlich ein Wartungsnachweis.

„Jetzt binde mich los. Du hast, was Du willst. Davonlaufen kann ich ohnehin nicht." Angelos lächelte.

„Du glaubst, damit wäre es für Dich erledigt? Da bist Du im Irrtum. Für den Verrat hast Du bezahlt. Aber nicht für das, was Du Paul angetan hast. Du bist ein Tier, Loukas."

„Hör auf, Dich so aufzuspielen. Du bist ein Perverser, also."

„Nein, pervers bist Du. Kein Mensch mit einem Funken Charakter würde so etwas tun."

„Wir sind beide beim Geheimdienst. Da gibt es keine Skrupel!"

„Da täuscht Du Dich. Es gibt auch für uns einen moralischen Kompass!"

Angelos drehte Loukas Körper auf dem Tisch. Und schüttete noch einmal Wasser über ihn. Er sollte ALLES miterleben. Bei vollem Bewusstsein, Wie Paul.

Dann zog Angelos sein Messer aus dem Stiefel.

Und schnitt Loukas die Geschlechtsteile ab. Dann setzte er sich auf den Stuhl.

Als Nikos 26 Minuten später eintraf, hatte
Angelos sich keinen Zentimeter gerührt.
Noch immer hielt er Loukas Geschlechtsteile
in der Hand.

39

Angelos hörte den Hubschrauber. Nikos
stürmte in das Lagerhaus und ihm stockte
der Atem.
Auf dem Tisch lag Loukas, bedeckt mit
einem Laken. Zweifellos tot.
„Was hast Du getan, Angelos? Ich sagte, wir
brauchen ihn lebend. Wir brauchen seine
Informationen, sonst war alles umsonst. Sonst
hat Paul umsonst gelitten!"
Angelos ging zu einem Nebentisch und
nahm von dort einen Zettel. Er gab ihn Nikos.
Drei Namen standen auf dem Zettel.
Drei Namen von Kollegen aus der Zentrale in
Athen.
Verräter mitten im Zentrum?
„Das … ist … Das gibt´s doch nicht. Zwei
davon kenne ich seit über 20 Jahren!"
Noch immer war Angelos still.

‚Wahrscheinlich der Schock, als er Paul daliegen sah', dachte Nikos. Er war genauso sprachlos.

„Die Namen hat er doch nicht freiwillig ausgespuckt, Angelos!"

Da lächelte Angelos und zog das Laken zurück.

Nikos sah hin und übergab sich sofort, auf den Leichnam Loukas´.

Der leblose Körper war übersät mit Löchern. Die Bohrmaschine hatte ihr richtiges Ziel gefunden.

Das Schockierende aber war: Angelos hatte Loukas die Geschlechtsteile abgeschnitten. Unter Schock hielt er sie noch immer in den Händen.

„Mutter Gottes. Schmeiß das weg!"

Dann nahm Nikos Angelos in den Arm und der begann hemmungslos zu weinen.

40

Die Gestalt stand am Fenster der Intensivstation und blickte in das Zimmer auf den Patienten, der – untypisch – auf dem Bauch lag, auf einer Art Gestell, das das Bett auf Abstand hielt.

„Sind Sie sein Sohn?", fragte eine Stimme. Angelos drehte sich um und sah einen Mann im weißen Kittel.

„Nein, ich bin sein Ehemann!", sagte Angelos.

„Oh Gott, verzeihen Sie bitte. Das ist heutzutage komplizierter als früher!"

Ja, da hatte er wohl recht.

„Ich kenne zwar den Polizeibericht, aber das Grauen, das dieser Mann erlitten hat, kann man nicht ermessen."

„Ich habe ihn gefunden", sagte Angelos.

„Seine Verletzungen im Enddarm sind enorm. Wir tun unser Möglichstes. Aber ich bin ehrlich: in dem Bereich kommt es häufig zu Infektionen."

Stille.

„Aber er wird hinterher ein anderer Mensch sein. Ein solches Trauma bewältigt nicht jeder."

„Er ist stark, Herr Doktor. Er schafft das!"
„Hoffen wir es!"
„Aber es ist Ihnen schon klar, dass es auch Ihr Leben betrifft. Ob er zu Sex jemals wieder fähig sein wird ... Also ich meine, dem Sex, den Sie ...

Angelos lachte.

„Ich habe Sie schon verstanden! Aber es ist mir egal. Er hat an meiner Stelle gelitten. *Ich* hätte das Opfer sein sollen. Er wurde es nur aus Zufall."

Angelos machte eine kurze Pause.

„Der Sex ist mir egal. Hauptsache, ich bekomme ihn wieder halbwegs zurück, so wie er war."

Der Oberarzt nickte.

Respekt.

Es gibt also doch so etwas wie Liebe.

41

Am anderen Ende der Leitung weinte jemand.

„Hallo, Paul?"

„Merlina? Was ist los?"

„Ich habe gerade erfahren, dass Du einen künstlichen Ausgang bekommst. Ich kann gar nicht sagen, wie leid es mir tut."

Angelos hat es ihr erzählt. Mist. Das hätte er nicht …

„Sei nicht böse auf ihn. Bei allem, was Du erlebt hast – er bekommt das Bild nicht aus dem Kopf, als er Dich gefunden hat. Er kommt damit nicht zurecht – und muss mit jemand darüber reden. Mit mir. Und sonst niemand."

„Das ist schon in Ordnung, Merlina. Ich war bestimmt kein schöner Anblick. Wenigstens das blieb mir erspart. Mich beschäftigt, wie Angelos mit dem künstlichen Ausgang zurechtkommt."

„Du meinst in Wirklichkeit, ob er Dich deswegen verlässt?"

„Würdest Du ihn verlassen deswegen, Paul?"

„Nein. Niemals."

„Du solltest eine höhere Meinung von meinem Sohn haben. Ich habe ihm die gleiche Frage gestellt. Und er wurde so zornig, wie ich ihn noch nie erlebt habe. ‚Und wenn er drei Ausgänge hätte, bliebe ich bei ihm. Er hat sich für mich geopfert. Und da glaubst Du, ich streiche die Segel?‘ Das waren seine Worte."

„Gott sei Dank. Ich habe es zwar gehofft, aber …"

„Normalerweise würde ich jetzt ‚Du Idiot‘ sagen, aber Du hast meinem Sohn Furchtbares erspart", sagte Merlina.

„Das werde ich Dir nie vergessen!"

„Dafür hast Du mir vor zwei Wochen das Leben gerettet. Wie kamst Du auf die Idee, die Polizei zu rufen?"

„Mutterinstinkt!"

„Gegenüber dem Schwiegersohn?"

„Es steckt das Wort ‚Sohn‘ darin, oder?"

42

Es war der Tag, an dem Paul nach Hause kam. Auf einer speziellen Luftbahre fuhr man ihn ins Innere und legte ihn auf das Bett.
Nikos lächelte.
„So, nun bist Du wieder da, wo Du hingehörst. Aber ich glaube, es fehlt noch etwas, oder?"
„Allerdings. Wo ist Angelos?"
Paul war tatsächlich etwas enttäuscht.
„Kein Grund für Enttäuschung. Warte es ab. Und ich gehe jetzt besser!"
Was sollte das jetzt, fragte sich Paul.
Da knarrte die Türe.
Angelos.
Total verschwitzt.
„Willkommen zuhause!", sagte er, beugte sich vorsichtig über Paul und küsste ihn mehrmals über das Gesicht.
„Wie habe ich das vermisst!", sagte Paul.
„Schmerzen?"
„Ja, tierisch, dabei habe ich gefühlt ein halbes Kilo Opium in mir."
„Das kann bei Dir ja nicht helfen! Warte!"
Er ging in die Küche und man hörte das Geklapper von Besteck.

Er kam mit einer Schere zurück und begann das OP-Hemd aufzuschneiden, das Paul noch immer anhatte, bis der Körper frei lag, ausgenommen die Verbände und die Pflaster auf den Brand- und Bohrwunden. Angelos legte sich neben Paul, so nah es ging. Sein verschwitzter Körper berührte den von Paul.

Und man hörte dessen Seufzen und Brummen.

„Und das hat mir noch mehr gefehlt!", sagte Paul.

Dann flüsterte Angelos ihm ins Ohr:

„Soll ich meine Achsel auf Deine Nase legen?"

„Oh ja."

„Und ich sehe, mein Geruch hat immer noch dieselbe Wirkung wie vorher. Zumindest, was den vorderen Teil angeht"

Paul versuchte zu lachen, aber das gelang nur um den Preis heftiger Schmerzen.

„Wir müssen über etwas reden!"

„Heute? Du bist doch gerade erst angekommen?"

„Es ist mir aber wichtig. Ich habe zwar keinen künstlichen Ausgang bekommen, aber dennoch ist alles ziemlich zerfetzt. Das heißt,

es dauert mindestens drei Monate, bis …
Wenn nicht noch länger. Hältst Du das aus?"
Angelos schüttelte den Kopf.
„Du bist wirklich nicht ganz dicht. Darüber
habe ich mir keine Sekunde Gedanken
gemacht. Weil es im Moment nicht wichtig
ist. Du kannst die nächsten Monate nicht?
Kein Problem. In der Zeit verwöhne ich halt
Dich!"
„Ganz leer sollst Du nicht ausgehen, aber ich
werde etwas ungeschickt und ungelenk
sein", meinte Paul.
„Och. Das bin ich gewöhnt!"
Angelos lachte.
„Mein Lieber, Du hast Dich für mich
geopfert. Wenn es noch eines Beweises
bedurft hätte… hat es aber nie."
Er lächelte, wie nur er lächeln kann.
„Noch etwas Schweiß?"

43

„In der Dusche oder im Bett?"
Angelos und Paul diskutierten, wo es wohl
am besten ging. Paul ging es besser. Der
Darm schien sich erholt zu haben.
Und Paul wollte nicht länger warten. Nicht
wegen ihm selber.
Aber Angelos rackerte sich beim Sex seit
Wochen ab, während Paul ihm nicht viel
bieten konnte. Außer mit dem Mund, aber
am Anfang tat selbst jede Mundbewegung
weh.
„Du musst aber nicht, Paul. Wenn Du noch
nicht soweit bist, kein Problem. Dann warten
wir noch. Das Letzte ist, dass …
„Ich weiß Angelos. Du warst mir eine große
Hilfe, wäre die Untertreibung des Jahres."
Und es stimmte.
Die ersten 14 Tage im Bett tat Angelos alles,
um Paul das Leben und vor allem die
Schmerzen erträglicher zu machen.
Wurden sie zu schlimm, so griff Paul nicht
mehr zu den Opiaten, sondern bekam
mehrere Ladungen Angelos-Schweiß zum
Inhalieren. Es war wie Anästhesie.

Mittlerweile konnte er schon wieder aufstehen.

„Nein. Heute. Jetzt. Und hier!"

„Sex auf Kommando?" Angelos lächelte.

„Als ob das ein Problem für Dich wäre!" Paul druckste herum.

„Was ist?", fragte Paul.

„Es ist etwas, was Loukas gesagt hat. Er meinte, Du würdest mich nicht mehr wollen, wenn Du wüsstest, dass …"

„… er in Dir war?"

„Ja, und dass ich beim Sex in Zukunft denken würde, es ist er, der … Du weißt schon!"

„Also für jemanden, der es in einer Seilbahn getrieben hat und leidenschaftlich Schweiß leckt, bist Du manchmal ziemlich verklemmt", sagte Angelos lächelnd.

„Ich bin nicht verklemmt, ich wurde vergewaltigt. Und das nicht nur zwei Minuten!"

Pause.

„Bitte entschuldige, Angelos. Du wolltest nur den Druck rausnehmen. Ich habe es nicht verstanden."

„Paul, es ist für uns beide nicht leicht. Aber:

das alles, was da liegt, gehört mir und kann mir keiner nehmen. Ich schäme mich nur dafür, dass nicht ich als Erstes hochgerannt bin. Ich wäre zwei Minuten eher dagewesen. Ich könnte Nikos dafür hassen. Ich hätte vielleicht das Schlimmste verhindern können. Das werde ich mir nie verzeihen. Und Du mir wahrscheinlich auch nicht!"

„Angelos, streich´ das aus Deinem Kopf. Die zwei Minuten hätten keinen Unterschied gemacht, das schwöre ich Dir. Es gibt keinen Grund, sich für etwas zu schämen. Aber Loukas hatte mit einem recht: man fühlt sich geschändet."
„Nun, er schändet niemand mehr. Schade, dass er verblutet ist. Es hätte mir gefallen, wenn er den Rest seines Lebens ‚ohne' hätte herumlaufen müssen."
„Wie …"
„Wie ich auf die Idee kam? Keine Ahnung. Es ist alles gelöscht zwischen dem Moment, indem ich zur Türe reinkam und dem Moment, als Nikos sagte, ich solle das Zeug wegschmeißen."
Stille.

„Aber jetzt lass uns Loukas vertreiben und zwar für immer. Und denk bitte daran, es bin ich und nicht Loukas!"

Angelos legte sich auf ihn und begann ihm, die vernarbten Wunden zu lecken, um dann langsam tiefer zu gehen. Als er sich der OP-Zone näherte, wurde er noch vorsichtiger. Dann ging er wieder nach oben.
„Schmerzen? Oder geht es?", flüsterte Angelos ihm ins Ohr.
„Alles in Ordnung, Großer. Weitermachen. Du machst das …"
„Ich weiß."
Da musste Paul lachen. Lachen beim Sex ist wichtig. Es entkrampft.
„Bereit?", fragte Angelos.
„Ja!"
Es war ein unterdrücktes Stöhnen zu hören.
„Zuviel? Aufhören?"
„Nein. Mach nur weiter!"
„Gut."
Und der Herr Polizeipräsident begann zu weinen. Angelos war beunruhigt.
„Habe ich Dir wehgetan? Du musst es mir sagen!"

„Angelos, ich weine, weil ich es so vermisst habe. Dich zu spüren, Dich zu riechen!"
„Das kann ich verstehen ...", sagte Angelos.
„Denn Du bist der Beste und Schönste! Habe ich etwas vergessen?"
„Na ja, der Spruch mit dem Zauberkünstler wäre heute schon angebracht."
Und so war auch dieser Schatten auf ihrem Leben verzogen.
„Ich verspreche Dir, dass ich Dich niemals mehr alleine lasse. Kein Einsatz ohne mich. Und wenn es nur ein Verkehrsunfall ist. Ich werde immer da sein. Das wird Dir sicher irgendwann auf den Wecker gehen. Aber bei Protesten bekommst Du eine Schweiß-Betäubung von mir!"

Auch wenn Paul nachts oft von dem Lagerschuppen träumte.
Er erzählte Angelos aber nichts davon.
Doch ein Satzfetzen geisterte Paul noch durch den Kopf.
„... mehr als mit Angelos", glaubte er, dass Loukas gesagt hatte. Oder war das Einbildung durch Schmerz?

GRIECHISCHE BRANDUNG

Der Mykonos-Krimi 1

Es waren noch zehn Meter, zehn endlose Meter.
Hinter sich hörte er heftiges Schnaufen.
Sie kamen näher.
Als er den Hof erreicht hatte, packte ihn eine
Hand am Hemdkragen. Er kam nicht mehr
voran.
Fünf Meter vor dem Ziel.
Plötzlich spürte er einen furchtbaren Schlag von
vorne.

Und er hörte ein Krachen. Nein, er hörte und
SPÜRTE ein Krachen.

In der Regel lautet bei einem Mord die
entscheidende Frage: Wer ist der Mörder?
Nicht so im vorliegenden Fall. Kommissar Paul
Pandis von der Inselpolizei Mykonos quält
zunächst ein anderes Problem: Wer ist das
Opfer?
Als er es endlich herausfindet, ist ihm klar, dass
dies keine normale Ermittlung wird.

JENSEITS VON MYKONOS

Der Mykonos-Krimi 2

Es war vorbei.
Seine Füße begannen zu versagen.

Immer wieder Wasser. Salzwasser. Es rann die
Speiseröhre hinunter und brannte im Magen.
Sehen konnte er auch nicht mehr viel. Das
Salz brannte auch in den Augen.
Er merkte, dass er immer öfter unterging.
Wer hat mich verraten? WER?
Dann kam die Erkenntnis: Es ist egal. Denn
Du bist tot.

Kommissar Paul Pandis steht ratlos in einer
Kunstgalerie.
Auf einer Skulptur, einem blauen Stier, hängt
eine Leiche, der Galeriebesitzer.
Und der war 94 Jahre alt.
Schnell ist Pandis klar, dass hier die
Vergangenheit ihre Schatten wirft

MYKONOS
LOVE STORY 1

Der Mykonos-Krimi 5

Die brennende Gestalt taumelte und fiel mit einem Zischen zu Boden.
Ein letztes Stöhnen und es war vorbei.

Kommissar Paul Pandis steht vor einem Rätsel. Ein gewöhnlicher Buschbrand entpuppt sich als Doppelmord.

Doch Pandis hat noch ein Problem:
Er hat sich verliebt. In seinen Kollegen Angelos. Ein Coming-Out mit 53!
Sein Leben wird zur Achterbahn, aber auch zur glücklichsten Zeit seines Lebens.

MYKONOS
LOVE STORY 2
PREQUEL 1

Der Mykonos-Krimi 6

High Society wie die Kunstwelt blicken nach Mykonos. Ein bisher verschollen geglaubtes Zaren-Ei soll auf der Insel ausgestellt werden.
Ein Sicherheits-Alptraum für Kommissar Paul Pandis.
Dennoch: zumindest keine Mordermittlung. Zunächst.
Dann wird auf einer Yacht eine weibliche Leiche gefunden.
Es ist Pandis´ Ex-Frau.
Und die war zuvor wenig begeistert davon, dass Pandis nun mit einem Mann verheiratet ist.

MYKONOS LOVE STORY

3

PREQUEL 2
Morgenröte über Mykonos

Er lag mit dem Rücken auf etwas und war
gefesselt. Was war hier los?
Ich bin doch nur ein Tourist?
Es muss ein Missverständnis sein.
Er konnte sich nur an einen Schlag erinnern.
Dann das große Nichts. Er hörte Schritte.
Chrysi Avgi, es lebe die Goldene
Morgenröte!"
Dann hielt einer der Männer seinen Kopf
hoch.
Der Andere rammte ihm zwei dünne,
orthodoxe Gebetskerzen in die Nase.

Kommissar Pandis und die ganze Insel sind
fassungslos angesichts zweier brutaler
Morde. Die Spur führt ihn zur „Goldenen
Morgenröte", einer rechten Splitterpartei.

Und für Pandis und seinen jungen Ehemann Angelos wird es richtig gefährlich, denn als Schwule sind sie das „Hassobjekt No.1!"

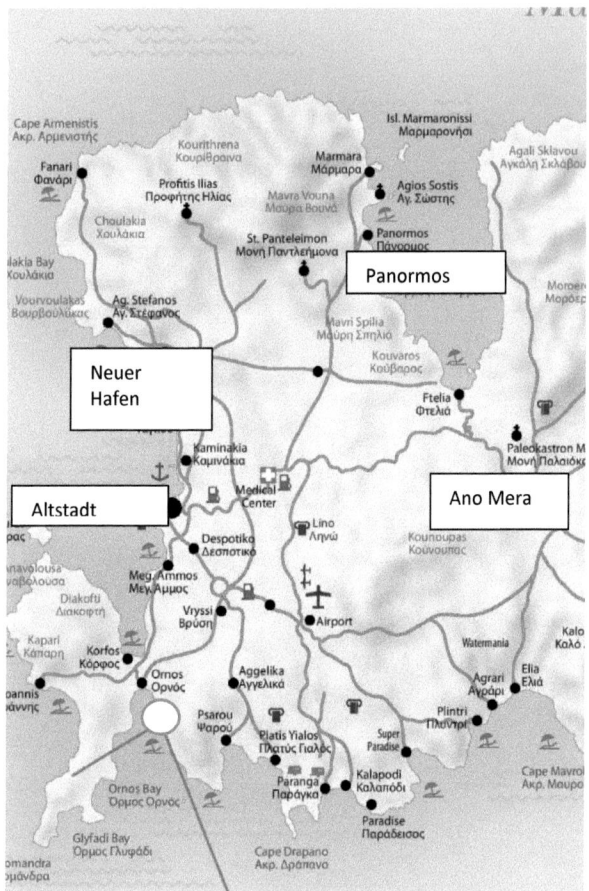

Cape Armenistis
Ακρ. Αρμενιστής

Kourithrena
Κουρίθραινα

Fanari
Φανάρι

Profitis Ilias
Προφήτης Ηλίας

Choulakia
Χουλάκια

lakia Bay
Κουλάκια

Isl. Marmaronissi
Μαρμαρονήσι

Marmara
Μάρμαρα

Mavra Vouna
Μαύρα Βουνά

Agios Sostis
Αγ. Σώστης

Agali Sklavou
Αγκαλή Σκλάβου

St. Panteleimon
Μονή Παντελεήμονα

Panormos
Πάνορμος

Panormos

Vourvoulakas
Βουρβούλακας

Ag. Stefanos
Αγ. Στέφανος

Mavri Spilia
Μαύρη Σπηλιά

Kouvaros
Κούβαρος

Moroe
Μορόε

**Neuer
Hafen**

Kaminakia
Καμινάκια

Ftelia
Φτελιά

Paleokastron M
Μονή Παλαιόκα

Altstadt

Medical
Center

Despotiko
Δεσποτικό

Lino
Λήνω

Koupouras
Κούνουπας

Ano Mera

ρας

ανανλούσα
ναβλόουσα

Diakofti
Διακοφτή

Meg. Ammos
Μεγ. Άμμος

Vryssi
Βρύση

Airport

Watermania

Kalo
Καλό

Kapari
Κάπαρη

Korfos
Κόρφος

Ornos
Ορνός

Aggelika
Αγγελικά

Agrari
Αγράρι

Elia
Ελιά

oannis
άννης

Psarou
Ψαρού

Platis Yialos
Πλατύς Γιαλός

Super
Paradise

Plintri
Πλιντρί

Ornos Bay
Όρμος Ορνός

Paranga
Παράγκα

Kalapodi
Καλαπόδι

Cape Mavro
Ακρ. Μαύρο

Glyfadi Bay
Όρμος Γλυφάδι

omandra
μάνδρα

Cape Drapano
Ακρ. Δράπανο

Paradise
Παράδεισος

Hinweise

MIT ist der türkische Geheimdienst.

EYP ist der griechische Geheimdienst (Ethniki Ypiresia Pliroforion).

OPKE ist die Spezialeinheit des Innenministeriums.

ERT ist das Griechische Staatsfernsehen.

Das Durchschnittseinkommen eines griechischen Polizisten beträgt 2018 € 685.--.